DES NOUVELLES D'AGAFIA

DU MÊME AUTEUR

Ermites dans la Taïga, Actes Sud, 1992 ; Babel n° 158.
Des nouvelles d'Agafia, Actes Sud, 2009.

Photographies intérieures :
© Vassili Peskov

Titre original :
Tajojny tupik
Éditeur original :
TERRA-Knijny club, Moscou, 2007

ISBN 978-2-330-02279-2

VASSILI PESKOV

DES NOUVELLES D'AGAFIA, ERMITE DANS LA TAÏGA

récit traduit du russe par Yves Gauthier

BABEL

Le Haut-Abakan. C'est en le survolant qu'en 1978 on découvrit l'étrange ermitage.

PRÉFACE

"Dans ma longue vie de grand reporter, aime à dire Vassili Peskov qui travaille depuis plus d'un demi-siècle pour le même quotidien moscovite, la *Komsomolskaya Pravda*, j'ai pu côtoyer de près des célébrités hors pair qui m'ont beaucoup impressionné. Je pense entre autres au maréchal Joukov, au cosmonaute Youri Gagarine, au savant voyageur Thor Heyerdahl... Mais la personnalité la plus intéressante que j'aie connue, la plus fascinante, la plus attachante aussi, reste à mes yeux celle d'Agafia Lykova."

Née en 1945, l'héroïne de Vassili Peskov est la dernière survivante d'une confrérie religieuse retirée dans la taïga depuis plus de trois cents ans. Par suite du Raskol, violent schisme ayant déchiré l'Eglise russe au XVIIe siècle, ses ancêtres avaient choisi la "vieille-foi" contre la Réforme pour mener un mode de vie érémitique à la marge du monde, et ce, jusqu'aux premières années du pouvoir soviétique où, persécutés, ils avaient pris le maquis sibérien. Commençait alors en plein XXe siècle une incroyable robinsonnade d'un demi-siècle dans les hauteurs encore vierges du Sayan occidental, à quelque deux cents kilomètres à vol d'oiseau de la frontière mongole, contrée ingrate, glacée, accidentée. "Ici s'arrête la marche de la civilisation", avait constaté, à la fin du XIXe siècle, le grand explorateur Piotr Kropotkine. L'année 1928 fut celle du dernier contact de la famille Lykov avec le "siècle", c'est-à-dire avec le monde humain. 1978 fut celle de leur émouvante redécouverte par un groupe de prospecteurs géologues qui vécurent alors une version sibérienne de *First Contact*, pour reprendre le titre du chef-d'œuvre documentaire des Australiens Robin Anderson et Robert Conolly sur la révélation au monde d'une tribu papoue ignorée.

Galina Pismenskaya, chef de l'expédition, 1978 : "Notre arrivée avait été remarquée. La porte basse a grincé, laissant paraître à la lumière du jour, comme dans un conte, la silhouette d'un antique vieillard. Nu-pieds. Vêtu d'une chemise mille fois rapiécée en toile de sac, avec une culotte de la même matière, bardée de rapiéçages elle aussi. Une barbe ébouriffée. Des cheveux en bataille. Un regard effarouché, très attentif. Et une expression d'incertitude. Avec un dandinement malaisé, comme si la terre brûlait sous ses pieds, le vieux nous regardait en silence. Nous faisions de même. La scène a duré une minute environ. Il fallait faire quelque chose et j'ai dit :

«Bonjour, grand-père ! Nous venons vous voir...»

Le vieux n'a pas répondu tout de suite. Il a piétiné, regardé derrière lui, tripoté de la main une ceinture pendue au mur avant de prononcer enfin d'une voix douce et hésitante :

«Eh bien, entrez puisque vous êtes ici...»"

Il s'avéra bientôt qu'il s'agissait d'une famille entière composée de cinq personnes. Le vieux Karp Ossipovitch Lykov avait quatre-vingts ans ; son fils aîné Savvine, cinquante-six ; Natalia, quarante-six ; Dmitri, quarante ; la cadette, Agafia, allait sur sa trente-neuvième année. La mère de famille, Akoulina, était morte épuisée en 1961, année de disette. Au premier rang des privations : le sel. Au prix d'un labeur éreintant, les ermites vivaient de leur potager qu'ils cultivaient avec un fonds de semence vieillissant. En complément, on pêchait l'ombre, on grignotait des graines de pin sibérien et des baies sauvages, on chassait le renne pour sa viande et sa peau, sans armes à feu, à mains nues, à force d'astuces et de pièges. Pour se chausser, on corroyait le cuir. Pour se vêtir, on filait le chanvre. Pour se chauffer, cuisiner (au poêle de pierre) et s'éclairer (au lumignon), on faisait le feu avec du silex et des mèches d'amadou à l'heure où ronronnaient déjà dans le monde entier des processeurs fabriqués en série. Malgré quoi ces ermites sont sortis vainqueurs de leur fabuleuse robinsonnade, portés par une foi inébranlable et une pratique fervente de la prière à laquelle on consacrait cinq heures par jour nourries de vieux livres multiséculaires.

Car au commencement était Dieu, et il est impressionnant de penser qu'une aventure contemporaine – parce qu'elle continue – tire ses origines d'une guerre de religion vieille de trois siècles et demi. Ce schisme frappe par sa violence (le pays connut alors ses nuits de la Saint-Barthélémy) en regard de ses causes : non pas des conflits de dogme, mais des détails de liturgie révisés par le patriarche Nikon, figure de proue de la Réforme, contre la volonté de son détracteur Avvakoum, archiprêtre gardien de la traditionnelle vieille-foi. Il était prescrit désormais de se signer à la grecque, donc à trois doigts au lieu de deux, de se prosterner à hauteur de la ceinture et non plus front à terre, de doubler l'alléluia au lieu de le tripler… Et pourtant, au-delà des détails, on retrouve dans le panier de la querelle toutes les grosses pommes de discorde de l'histoire de la Russie : la nature identitaire de son rapport à l'Europe, latine ou grecque, la tradition comme principe dogmatique de vérité, l'expansion de la Moscovie comme conforme ou contraire à la doctrine messianique de la "Troisième Rome", et même – question maudite de la nation russe à partir du XVIIe siècle – le durcissement du servage qui créera le mythe de la liberté perdue, et qui mêlera bientôt les vieux-croyants aux grandes jacqueries cosaques de Stepan Razine. Cette liberté perdue, ce fut dans l'immensité des espaces que la vieille-foi, sortie perdante de la Réforme, s'en fut la rechercher, en ce siècle épique de la conquête de la Sibérie. Taïga égale liberté.

Dans les premiers temps, la découverte de la famille Lykov fut tenue sous le boisseau des notes de service administratives. La Russie était soviétique, et l'on ne savait trop par quel bout prendre cette histoire dérangeante : après tout, les Lykov avaient fui le pouvoir des Soviets au nom d'une foi condamnée par l'Etat, et beaucoup avaient été rudement réprimés pour moins que ça. Les ermites entretenaient des rapports distants, mais cordiaux et dignes, avec les géologues du campement voisin, grâce à quoi ils s'initiaient en douceur aux nouveautés du monde. "En douceur" est un mot mal choisi, néanmoins, quand on sait que trois des enfants Lykov moururent l'un après l'autre. Etait-ce faute d'immunité au contact du monde des hommes ? ou par suite du choc immense qu'avait provoqué sa découverte ? Le débat n'est toujours pas clos entre les tenants des thèses microbiologiques et psychologiques. Ne restaient en vie que le patriarche, mort de vieillesse en 1988, et Agafia, la cadette, désormais unique survivante... plus passionnante, dirait V. Peskov, que Joukov, Gagarine et Heyerdahl réunis.

Vassili Peskov révéla l'aventure au grand jour en 1982, avec la parution par épisodes d'un long récit dans les pages de son journal. Ce fut un choc. Le reportage semblait tomber droit du XVIIe siècle. Les tirages passèrent les vingt millions d'exemplaires. D'une publication à l'autre, on tenait le pays en haleine. Même la famille Brejnev envoyait des coursiers à la rédaction du quotidien pour obtenir les papiers en avant-première. Les pouvoirs locaux virent là une raison légitime de mettre en place une forme de parrainage des deux survivants, chose faite en général avec humanité. Karp et Agafia Lykov, néanmoins, continuaient de regarder le monde humain (le "siècle") comme une terre de péché. Ils acceptaient le sel, le fer, les visites, mais ne lâchaient rien de leur ferveur érémitique : l'ermitage ou la mort. Ils quittèrent leur isba clandestine pour une autre qu'ils avaient occupée jusque dans les années 1940, à une quinzaine de kilomètres de là, mieux placée, plus ensoleillée, où Agafia est restée à la mort de son père. V. Peskov s'y rendait chaque année, avec toujours un nouveau reportage au bout du voyage. Dix ans plus tard, l'idée s'imposa de faire un livre de ce récit-feuilleton. Ce fut *Ermites dans la taïga*, paru chez Actes Sud en 1992, puis un peu partout dans le monde.

La logique eût été d'en rester là, mais tous les robinsons font rêver et la personnalité d'Agafia s'est révélée à la hauteur de ce rêve. Elle est désormais seule, soutenue il est vrai par la présence du pathétique Erofeï, ex-ouvrier foreur qui compta parmi les premiers découvreurs-civilisateurs de l'ermitage, mais aujourd'hui naufragé du chaos social postsoviétique et converti à la vieille-foi – tel est converti qui croyait convertir. Agafia continue d'attirer Peskov comme un aimant. Il y a quelque chose de touchant dans cette fidélité obstinée et réciproque. Paradoxale et tendre relation que celle qui se dessine sous nos yeux entre la fiancée du Christ et le vieux reporter aussi athée qu'un ours. Relation sincère aussi, puisque tout le monde en Russie sait qu'elle ne s'arrêtera qu'à la mort de l'un des deux.

La présente édition nous livre donc la suite de l'histoire depuis notre version de 1992. Elle apporte des nouvelles qu'en plus de quinze ans nos lecteurs n'ont cessé de nous demander. Elle nous conduit sur les hauts de la rivière Abakan, affluent gauche de l'immense Ienisseï. Qu'on la remonte du doigt sur une carte jusqu'au 51e parallèle où l'on guettera le torrent Erinat qui paie tribut à sa rive gauche. On pousse alors le doigt plus en amont par la gorge étroite de ce cours d'eau, dont l'hydronyme signifie "cheval sauvage" en langue chore, sur environ un kilomètre et demi, jusqu'à la cote 51° 27' 38,50" N, 88° 25' 36,50" E, à 1 040 m d'altitude. Stop ! c'est là.

Y. G.

De gauche à droite : Karp Ossipovitch, Dmitri, Agafia (vers 1980).

Agafia et Dmitri (vers 1980).

Agafia (1982 ?).

Père et fille.

Karp Ossipovitch (1982 ?).

Erofeï dans les années 1980 : à l'époque, foreur à la base voisine de prospection géologique.

LA SEMAINE DE PÂQUES

En version française, cela donne un drôle de petit livre intitulé *Ermites dans la taïga*. Les Parisiens, qui nagent au milieu d'un océan d'informations, ne se laissent pas étonner si facilement. Et pourtant notre histoire les a intrigués. Une bonne dizaine d'articles a paru dans la presse, et il y a même eu une émission de télévision*, à laquelle s'est confié le volcanologue Haroun Tazieff : "Après une nuit passée sur ce livre, ma femme m'a dit : «Tu dois lire ça.» Du coup, j'y ai passé la nuit à mon tour. Il en ressort une histoire humaine stupéfiante…" Enfin, on a demandé à l'auteur de "monter sur scène", et me voilà à Paris pour trois journées bien remplies, riches de rencontres. Lecteurs, journalistes… On m'a offert la cassette de l'émission. Etonnante sensation que de voir à l'écran la face d'Agafia nimbée de son éternel foulard, son izbouchka perdue dans la taïga, le torrent bondissant.

Si l'histoire est chez nous familière à la plupart des gens depuis dix ans déjà, elle revêt chez les Français une dimension de nouveauté qui donne une épaisseur singulière à cette aura de mystère

* *Ex-libris*, printemps 1992, TF1 *(toutes les notes sont du traducteur)*.

qu'on attribue communément à l'âme russe. J'ai dû répondre à une foule de questions. Le plus souvent, on s'exclamait : "Et elle est toujours seule au fin fond de sa taïga ?! C'est à peine pensable..." Impensable, la chose le serait même aux yeux d'un citadin russe, que dire alors de Paris qui amplifie l'étonnement au centuple... Du haut de la tour Eiffel, j'ai contemplé un champ serré de toits gris qui s'étirait à perte de vue, à peine troué par la tache sombre, unique, du bois de Boulogne. Des toits, partout des toits... Au prix d'un certain effort d'imagination, je me suis dit qu'il existait encore des coins perdus de terre vierge où l'on pouvait échapper au siècle, à sa promiscuité, à son inconfort, à sa richesse, à sa misère, à sa sagesse et à sa folie.

Trois heures de vol de Paris à Moscou. Et encore quatre de Moscou à Abakan. De là au domaine des Lykov, les occasions se font rares. Tant que les géologues étaient basés sur l'Abakan, la liaison s'effectuait sans encombre ; mais aujourd'hui, on est à la merci d'un hélico de passage. A deux ou trois reprises, des hydrologistes (en hiver) ou des pompiers (en été) m'ont pris sous leur aile. A présent, vu le prix de l'hélicoptère, même eux ont cessé leurs patrouilles : un Mi-8 revient à six mille roubles de l'heure, et ce n'est qu'un début. Le petit aérodrome de Tachtyp, hier encore vrombissant de moteurs, est désormais livré en pâture aux vaches de la bourgade. Pas un avion, pas un hélico.

Débarqué au mois d'octobre en pleine taïga pour la saison de la chasse, Erofeï a raté en janvier l'hélicoptère de ramassage des trappeurs, coincé jusqu'en mars à l'ermitage. Il s'apprêtait même à rentrer à pied (quatre cents kilomètres à travers la taïga sauvage le long de la rivière) mais, après une courte tentative, il a rebroussé chemin. C'est un hélico dérouté par hasard de Kouznetsk qui l'a tiré de là. Difficile, dans ces conditions, de planifier un voyage annuel auprès d'Agafia. Fin avril, coup de fil d'Abakan ! "Il y a un vol de prévu pour le 29. Si tu pars aujourd'hui, tu l'auras."

Le 29 avril, je me posais à Abakan. L'occasion tenait à une vieille affaire de cédraies menacées. En Khakassie, ces massifs de *Pinus sibericus* sont les plus riches de Sibérie. De tout temps, on les a protégés du mieux qu'on a pu. Mais aujourd'hui les exploitants affûtent leurs haches avec des appétits de coupes rases. D'où la décision des plus hauts dirigeants de la Khakassie – Vladimir Chtygachev, chef du Parlement, et Vladislav Torossov, chef-adjoint de l'exécutif – de survoler les forêts pour faire *de visu* l'état des lieux de leurs trésors encaissés dans la vallée de l'Abakan.

Pendant le voyage, Nikolaï Savouchkine – le "P-DG des forêts khakasses" – nous livre quelques explications. Erofeï et moi avons le derrière posé sur nos sacs à dos. Lui porte la barbe longue depuis son hivernage forcé, ce qui lui donne des allures de vieux-croyant. "Agafia n'en dira que du bien. La barbe, pour elle, c'est comme un droit de visite au bon Dieu." Même voyage qu'à l'habitude. Les plaines de la Khakassie, puis les premiers plis du relief déjà libres de neige. Çà et là fument les chaumes et les herbes jaunes de la saison passée. D'ici peu éclateront les bourgeons des saules et des merisiers. Plus haut, pourtant, l'hiver est roi. Les montagnes entières semblent de neige. Une blancheur éblouissante. L'Abakan court déjà, mais le ruban noir de son flot est encore corseté de glace. Les crues torrentueuses, ce sera pour le mois de mai. Après quoi, progressivement, les cédraies rendront leurs eaux. Là est leur vraie richesse, mis à part les graines. Les dirigeants d'ici le savent bien. Mais un survol n'est jamais de trop par-dessus les draps blancs de la forêt, engourdis et féeriques.

Un signal du cockpit : phase d'approche ! L'appareil décrit un cercle sur le vallon escarpé d'un torrent qui se jette dans l'Abakan, et nous découvrons du ciel le domaine mal couturé d'Agafia : la cabane, le hangar, le poulailler, l'enclos à chèvres, la charpente encore inachevée de la nouvelle isba, le potager qui dévale la pente avec des rondins de bouleau entre les plate-bandes... On dirait une oasis émergée des neiges : le soleil donne ici toute la journée. La chose n'avait pas échappé à l'œil expérimenté des Lykov dans leur quête d'un lieu où se poser.

Nous atterrissons. Le chien aboie joyeusement. Le bouc nous jette un regard méfiant. Agafia, devant sa porte, paraît un peu intimidée : des inconnus ! Mais elle avise aussitôt des têtes familières, et la maîtresse du "fief" affiche un sourire ravi. Cinq minutes se passent avant qu'elle ne recouvre vraiment ses esprits. Elle va de-ci de-là, allume un lumignon au poêle sans dire pourquoi, fait tinter ses cocottes. Puis elle prend enfin les choses en main : savons-nous que c'est la semaine de Pâques ?

Alors, d'un geste presque solennel, elle prend à l'étagère une casserole contenant des œufs colorés à la pelure d'oignon. Les poules lui en ont pondu juste une douzaine pour les fêtes. "J'ai rompu le carême avec un œuf, du lait et du pain." S'ensuit le récit du matin de Pâques. Agafia a prié toute la nuit. Puis, le moment venu, à pleine voix, elle a lancé devant l'icône et bientôt devant la porte ouverte : “Le Christ est ressuscité !” Mais personne n’a pu lui répondre selon le rite établi : “En vérité, il est ressuscité !” Le biquet a chevroté et les chiens ont réagi par des aboiements inquiets. Si nous connaissons les Saintes Ecritures ? A tout hasard, pour que toute la lumière soit faite sur la Grande Pâque, Agafia commence un petit cours de vulgarisation sur la vie du Christ de la naissance à la résurrection en passant par la mort. Elle ponctue son récit de citations tirées des pages majeures d’un gros livre tacheté de cire. Encouragée par un auditoire tout ouïe, elle se met à fredonner : “Le Christ est ressuscité des morts…” Elle chante avec une joie sincère, émue, et plutôt joliment. Ce qui ne l’empêche pas de noter : “Jeune fille, j’avais la voix plus ferme et plus claire.” Elle raconte comment on échangeait le baiser de Pâques en famille.

Inéluctablement, comme j’en fus tant de fois le témoin, la conversation revient à Nikon “qui a semé le trouble parmi les chrétiens avec sa pincée diabolique”. La “pincée”, c’est-à-dire le signe de croix à trois doigts pincés au lieu des deux “qu’il faut”. Sur quoi, joignant “comme il faut” deux phalanges crevassées par une vie de labeur, Agafia montre le juste signe à doigts joints, puis la “pincée” fatale à la chrétienté.

Les questions aidant, la leçon retombe doucement en bavardage sur les petites choses du quotidien. C’est comment de vivre ainsi seule ?

“C’est comme il a plu au Seigneur…” répond prudemment Agafia qui redoute qu’on la pousse une fois de plus à s’installer chez ses cousins. Mais la vie en solitaire est rude, elle n’en fait pas un mystère. Le pire, c’est la santé. Ses mains obéissent mal. “J’ai du mal à tenir un crayon.” Et la contracture. On ne sait rien de plus sur ces “contractures” dont les Lykov se sont toujours plaints, sinon qu’elles semblent résulter de surcroîts de peines et d’efforts de levage. “Ça me fait mal de partout. Et mon nombril s’enfonce.” En toute bonhomie, Agafia dévoile son nombril qui paraît remonter jusqu’à la poitrine et s’effacer. Elle a souffert aussi de refroidissements avec fièvre.

A l’usage, la balise de détresse installée pour sonner les appels au secours s’est avérée être un piège pour Agafia. L’an passé, des médecins débarqués à son signal se sont entendu dire : “Des contractures. J’ai mal au dos, je n’arrive pas à scier du bois.” Les secouristes ont alors échangé un regard, sachant le prix du déplacement. La fois suivante, l’alerte est restée sans suite. Nous n’avons pu en établir la cause. Soit que le système n’ait pas fonctionné, soit plutôt que les services de secours, dans le contexte actuel, n’aient pas eu les moyens d’un vol sanitaire.

“Dieu merci, l’hiver est fini, et ça va mieux avec les premiers brins de soleil.” Côté nourriture, les choses se sont bien passées cet hiver. Le potager, comme toujours, a tenu ses promesses et les réserves de farine et de gruau sont arrivées à temps. Quant à Erofeï, il a bricolé à l’automne un barrage sur la rivière, où Agafia a posé des nasses tressées de saule pour “piéger plus de poissons que mes frères [pêcheurs invétérés !] n’en ont jamais attrapé.” Le poisson a été salé et séché. Des cousins lui ont fait parvenir du miel et de l’huile. Mais sans doute lui manque-t-il encore quelque chose d’important dans la nourriture puisque Agafia a la main meurtrie d’un ulcère. “J’ai beau y mettre herbes et compresses, ça ne veut pas cicatriser.”

La ménagerie a fait des petits. Les chèvres ont donné chacune un chevreau. L’un d’eux a un mois, et l'autre biquet, tout gris, à peine dix jours. Agafia le prend dans ses bras, le caresse et l'embrasse sur le bout du museau. "Ma copine, ma petite copine..."

Il y a deux chiens dans la propriété. Le petit gris, qui s'est pris d'affection pour Erofeï durant l'hiver, se blottit contre ses pieds en le dévisageant d'un air de grappilleur. Gagné ! l'autre apporte un reste de *corned-beef* dans un fond de conserve. Pour Toutou-Droujok, qui est au régime patate et son, c'est un vrai gueuleton. Quant à Vetka-Branchette, la noiraude, Agafia l'a mise à l'abri des tentations, enfermée dans le hangar. Branchette a une portée de quatre chiots malins comme tout. Etonnés par tant de voix d'hommes, ils pointent la truffe au-dehors de leur niche avec une curiosité craintive, montés les uns sur les autres.

Fourrure blanche et queue noire, le corps d'une hermine tuée cet hiver traîne près de l'isba. Un casse-noix moucheté volette au-dessus du potager. Rentrée depuis peu des contrées chaudes, une bergeronnette pêche au bord de l'eau, juchée sur des pierres, rivalisant d'adresse avec un cincle plongeur. Des ours rôdent alentour. Tel est l'environnement d'Agafia.

Y a-t-il eu des événements un tant soit peu notables depuis notre précédente rencontre d'avril dernier, Agafia ne saurait le dire. Tout au plus parle-t-elle d'une "sorcière des eaux" (un vison, en vérité) qui a dévasté ses nasses à poissons. Comme tout le monde, elle préfère parler de ses maladies et des comprimés qu'elle ne craint plus, mais dont elle expie la prise à force de prières.

Quelques hélicoptères, devenus si rares, ont fait des apparitions furtives. Il est arrivé que des gens se posent pour une dizaine de minutes, histoire de venir aux nouvelles et de jeter un coup d'œil sur ce coin exotique. Mais il est arrivé aussi que l'hélico, un instant suspendu en l'air, largue un colis ou une botte de foin pour les chèvres et reparte aussitôt, cadeau habituel de Nikolaï Savouchkine à Agafia. Le plus beau cadeau à lui faire, pourtant, aurait été un brin de causette.

"Que se passe-t-il là-bas, dans le siècle ? demande prudemment Agafia au moment où nous prenons place à l'intérieur de l'izbouchka pour discuter le bout de gras. On parle d'une disette pour bientôt. C'est un châtiment de Dieu. P'tit papa le disait toujours : sans potager, sans pomme de terre, on est dans l'égarement."

Pour le potager, Agafia est déjà d'attaque. Un coin entier de l'isba est réservé aux plants germés de pommes de terre qu'elle a sortis de la cave. Savouchkine lui laisse des sacs de semences. Elle se réjouit particulièrement à la vue d'oignons minuscules, de la grosseur d'une noisette. "L'oignon, j'en ai besoin. Pour ma santé. Je le sens…"

Au chapitre de la vie pratique, Nikolaï Savouchkine occupe une place spéciale. Il y a bien des années que je le vois s'impliquer avec une sympathie désintéressée dans les affaires d'Agafia. Je me souviens du jour où nous avions trouvé le vieux Lykov et sa fille dans leurs nouveaux quartiers, au bord de l'Erinat, au fond d'une minuscule cabane de trappeur impropre à l'hivernage. "Vous allez geler ici, avait dit Savouchkine. Il faut bâtir une nouvelle isba pour l'hiver." Promesse tenue. A l'automne, six volontaires d'une unité de pompiers forestiers charpentaient l'izbouchka. Mais le bois était humide, et le vieux n'avait pas voulu d'étoupe aux jointures. "Que de la mousse, le reste est banni." En l'absence de stocks de mousse, la baraque une fois sèche s'était affaissée, incapable de retenir la chaleur. La décision a donc été prise de construire une autre isba durant l'été dernier. Maintenant, il faut songer à faire des portes, des fenêtres, un plancher, et à maçonner un bon poêle. La toiture donne à tous du fil à retordre. En février, un tourbillon dévastateur est passé par là ("Les poules volaient comme neige", dit Agafia), le toit et les parties hautes ont tressailli avant de retomber en faisant clac…

J'écoute Agafia et Savouchkine détailler les tâches de l'été et je repense à notre première rencontre : une sauvageonne barbouillée de suie qui parlait en gazouillant, pareille à un grand enfant. C'est maintenant un être mûr qui a de l'esprit à revendre et qui s'exprime avec un sourire piqué de tristesse. La moitié ou presque des mots qu'elle emploie était alors absente de son vocabulaire.

"Vassili Mikhaïlovitch, je voudrais offrir au grand chef un pot d'écorce de ma fabrication. Il est tout neuf…" J'invite Chtygachev à venir. L'objet est superbe. "Puis-je avoir un autographe, Agafia Karpovna ?" Elle bute sur le mot ("Un… achtographe ?") mais saisit l'explication au quart de tour. A l'aide d'un "crayon à tube", elle inscrit la marque : "Fait par Agafia". Le tour vient maintenant des présents de Moscou : bougies, piles et ampoules de lampes de poche, chaussettes, mouchoirs, collants, bottes, serviettes, ficelles et quelques denrées du marché Boutyrski. Plus deux sacs de farine préalablement acheminés. Le tout acheté avec l'argent des lecteurs. Certains ont envoyé des bricoles au journal – outils, objets divers, chaussures. Chacun a reçu en retour les remerciements de la rédaction. Mais sachant que tous auraient à cœur de lire un mot signé par la fille de la taïga, je lui ai demandé d'écrire quelque chose dans mon carnet. Ce qu'elle a fait : "Une grande gratitude aux bonnes gens. Je prie Dieu pour la santé de tous. Agafia Karpovna Lykova. Le seize avril à sept mille cinq cents ans du jour de la création d'Adam."

J'ai montré à Agafia le livre rapporté de France. Elle l'a feuilleté avec curiosité, mais toujours la même méfiance à l'égard des photos. "Une écriture pas de chez nous, c'est illisible." J'ai essayé de lui parler de Paris, de la France, et de lui expliquer que c'était la traduction du livre qu'elle avait déjà reçu de moi. Je la sens dubitative. Elle veut croire qu'un Français lui a rendu visite sans se faire connaître, et que c'est de lui.

Pas le temps d'expliquer. J'ouvre le livre et lui demande d'y écrire quelque chose en lui disant que je l'enverrai à Paris. Dans un fouillis de lettres pré-pétroviennes, elle trace ces mots non dépourvus de sagesse : "J'ignore quel est ce bourg nommé *Pari*. Je forme l'espoir que vivent là de bonnes gens. Que le Christ veille sur eux."

Avant le départ, comme de coutume, nous nous sommes assis qui sur un banc, qui sur une souche, pour un dernier coup d'œil alentour et quelques paroles d'adieu. Toutou-Droujok, qui pressent tout, se frotte affectueusement aux bottes d'Erofeï. Paupières plissées, Branchette allaite sa portée de chiots noir charbon. Le bouc nous dévisage à tour de rôle avec des airs de philosophe barbu. Agile, une bergeronnette grappille des poils sous ses pattes pour se faire un nid. En contrebas gronde l'Erinat. Tombée des cédraies, une avalanche dévale vers la rivière avec fracas.

Je jette un œil à ma montre. Quelle heure est-il à Paris ? Là-bas, c'est encore le matin. Une foule de touristes se presse au pied de la fameuse tour en fer. De là-haut, à perte de vue, on ne voit que des toits entre lesquels serpente une rivière paresseuse et verdoie un parc urbain appelé bois de Boulogne. On se croirait dans un rêve et pourtant tout est vrai, comme est vrai ce drôle d'"ermitage" où nous sommes. "Que le Christ veille sur vous !" nous dit la maîtresse des lieux en forme d'adieu.

Mai 1992

UN HIVER NEIGEUX

A la fin de l'été, Agafia m'a fait parvenir une lettre de huit pages, pleine de vœux, de nouvelles et de plaintes : la santé, mais aussi que "personne ne vient jamais, il y a l'isba à finir, le poêle à maçonner, et toujours pas une âme en vue".

Les montagnes de Khakassie ont passé l'été sous la pluie, la météo interdisant l'héliportage presque tous les jours. Même en plein hiver, j'ai trouvé les hélicos cloués à terre et engourdis de froid : on aurait dit des écrevisses recroquevillées sous le givre. A cinquante-deux mille roubles de l'heure, ils ne trouvent plus preneurs et ne s'envolent qu'en cas d'extrême nécessité. Par exemple, le ramassage des trappeurs dans la taïga. Une occasion toute trouvée pour que je sois du voyage avec mon sac à dos.

Nous sommes dans les airs. Une de ces journées dont Prichvine* eût dit : *le printemps de la*

* Prichvine Mikhaïl (1873-1954), écrivain-voyageur à l'inspiration nourrie de la nature russe dont il exploita la mythologie en littérature, notamment pour les enfants. Auteur d'un volumineux *Journal* autobiographique où il dénonça par cet aveu sévère la pression sociale que ses contemporains exercèrent sur lui : "J'ai dû enterrer l'homme à la pensée propre que j'étais pour devenir celui que je suis." De cette désillusion il cherchera à guérir en communiant avec la nature.

lumière. Par un soleil éblouissant, la taïga se prélasse sous un édredon de neige. Une neige si abondante qu'un troupeau de rennes au pacage, surpris par le vrombissement des moteurs, s'y empêtre pour de bon.

Les rapides de la rivière Abakan ne gèlent pas, même sous les pires froidures. Çà et là se profile le ruban noir de ses eaux sur un fond de champs blancs. Nous le remontons de plus en plus haut.

Un trappeur nous attend à un poste isolé par-delà l'Erinat. Déjà nous l'apercevons qui s'agite au beau milieu de son fourbi. J'imagine la jubilation du bonhomme au bruit des moteurs. Quatre mois passés sans voir un être humain.

L'hélico ne se pose pas mais se suspend en vol stationnaire, enveloppant le pauvre hère d'une tornade sifflante de cristaux. De larges skis ressemelés de mousse font irruption par la trappe béante du fuselage, suivis d'un fusil, d'un chien, de boîtes et de balluchons. Vient enfin le tour d'un drôle de génie des bois qui roule dans l'habitacle, la face mangée d'une barbe rousse fleurie de poudreuse et givrée de stalactites. “Une taffe, les mecs, filez-moi une taffe !” Comme à la guerre, il préfère le gros gris à la cigarette. Il scrute son monde avec avidité, on le croirait débarqué d'un vaisseau spatial... Novembre a été pluvieux, la chasse n'a rien donné, il a dû tenir jusqu'en février dans la taïga. “Une autre, les gars, vite, que j'en grille une autre...”

Au bruit de l'hélico, Agafia surgit d'entre les sapins au moment où les roues de la machine effleurent le sol. Les rotors tournent encore qu'elle presse hardiment le pas vers nous en faisant merci de sa moufle aux pilotes. Extinction des moteurs. L'aboiement furieux de Droujok déchire un silence de sanctuaire. Apparemment, pour lui qui a grandi parmi les hommes, cette vie de chien solitaire avec une chaîne autour du cou a tout du bagne. Il se dresse sur ses pattes de derrière dès qu'il nous voit, contorsionné de bonheur.

L'installation a pris de l'allure depuis l'autre fois. Les constructions donnent au lieu des airs étranges de mini-Shanghai – poulailler, izbouchka, enclos à chèvres, piles de bois, le tout coiffé d'une épaisseur de neige d'un mètre ou peu s'en faut. Un mince filet de fumée s'élève en colonne de la cheminée. Pétrifiées de surprise, les chèvres ont le museau frisé de vapeur. De la vapeur, Droujok aussi en éructe à pleine gueule, prêt à nous étouffer tous de sa langue et de ses pattes.

La patronne nous fait entrer. Nous n'aurions jamais pu loger tous à l'intérieur de la vieille isba mais ici c'est différent : de l'espace, de la lumière, des murs garnis de bardeaux. Il y a un fouillis monstre comme j'en ai vu souvent dans les gîtes forestiers les plus isolés : quand les visiteurs sont rares, le désordre ne fait plus honte au maître des lieux. Chez Agafia, c'est ainsi de naissance.

— Et voilà le poêle, dit-elle timidement en montrant un ouvrage constitué d'une paire de demi-tonneaux d'argile et de brique.

L'épopée de la construction du nouveau poêle, je la tiens déjà d'Erofeï. On y a travaillé tout l'automne. Avec succès, semble-t-il. Ce navire de glaise occupe une place substantielle avec sa cheminée. Son flanc chaud porte une couchette – la niche où l'on dort –, et des bûches de cèdre crépitent gaillardement dans son âtre ventru.

— Es-tu contente de l'isba ?

— Oui, grâce au Christ, elle n'a pas l'air trop mal...

Je n'aurai pas le temps d'évoquer avec elle le détail des événements de l'année passée. Sachant cela, la nuit dernière, j'ai pressé Erofeï de questions pour en savoir un peu plus. Il a séjourné par ici d'août à décembre. D'abord pour aider Agafia, puis pour une saison de chasse. Après avoir mis une dernière main à l'isba avec les pompiers forestiers, il est resté seul à maçonner le poêle, à ramasser les pommes de terre et à faire le plein de bois à l'approche de l'hiver. Pour la chasse, il s'est installé à une quinzaine de kilomètres du "fief" d'Agafia, dans l'isba désaffectée des Lykov. Tous les dix jours, il allait lui rendre visite à skis ("près de quatre heures de marche par une neige profonde"). Du travail l'attendait, dont Agafia toute seule n'aurait pu venir à bout.

Erofeï avait sur lui un transistor qui grésillait de plus en plus, les piles s'usant. Du coin de l'oreille ("la coulpe est grave" mais c'est tant pis), Agafia écoutait les "voix du siècle". Avec d'ailleurs le plus grand discernement sur les événements d'un monde si loin d'elle. "Entendez-moi ces fusillades, un outrage à la Croix..." Et de se reprendre : "M'oui... C'était déjà dans les Ecritures : «On se dressera peuple contre peuple, royaume contre royaume ; il y aura çà et là des famines et des tremblements de terre.»"

La saison de chasse a apporté son lot de misères au pauvre Erofeï. Séjournant chez Agafia, il avait demandé qu'on profite de l'opération de largage des trappeurs dans la taïga pour lui apporter des provisions. Or, dans la précipitation, le sac a été oublié. Et pas moyen de réparer la bévue en l'absence d'hélicoptères. "Je n'ai pas réussi à me faire du gibier. Ni thé ni sucre, par-dessus le marché. J'ai dû me contenter de pommes de terre, de galettes et de vermicelle. Un peu léger, évidemment, pour battre la taïga mais, en revanche, je suis taillé comme un élan maintenant. Et une barbe comme ça !"

Pas de chance non plus avec le fusil qu'il avait mis à l'abri dans une vieille cédraie : il a fallu qu'un incendie de forêt passe justement par là ! En suspendant son souffle, le trappeur est revenu à sa cachette. "Tout avait cramé. De ma pétoire, il ne restait plus que la ferraille. J'ai quand même refait la monture. Il n'y avait qu'un canon sur deux en état de marche. C'est avec ce truc-là que j'ai fait mon quota de zibelines – cinq pour les amateurs. Je suis en train de me demander où va passer la recette. Soit du thé, du sucre, etc., soit un fusil. Dans la taïga, on est obligé d'avoir un fusil."

Quand je repense à ma conversation de l'autre nuit avec Erofeï, je me dis qu'il faudrait venir en aide à ce garçon plein de franchise et de générosité. Et ce, de la plus simple façon. Il se peut que vous ayez chez vous un vieux deux-coups qui traîne. L'offrir à Erofeï, qui s'est retrouvé du jour au lendemain dans un grand dénuement, ce serait aussi faire un geste pour Agafia qui dépend désormais en bonne part de son assistance. Si cet appel est entendu, que l'on m'écrive au journal.

Naturellement, pas question pour Erofeï de manquer l'aubaine d'un voyage en hélico sur les hauts de l'Abakan. Le temps qu'on bavarde tranquillement et qu'Agafia distribue des autographes – à qui sur un lambeau d'écorce, à qui sur un billet de cent roubles –, Erofeï vaque aux affaires de la maison, inspecte le poêle d'un œil de maître en songeant aux briques qu'il faudrait y rajouter, s'inquiète à l'extérieur de l'état des chèvres, fait picorer un coq mélancolique dans le creux de sa main… C'est en nage qu'il repasse le seuil de l'isba, le col de sa chemise bâillant sur le cordon d'un crucifix. "L'influence d'Agafia ? – Ben oui, en quelque sorte…"

Un malade, c'est d'abord de maladie qu'il vous parle. Agafia ne fait pas exception. Il ne nous reste plus qu'à écouter patiemment ses plaintes, comme le ferait un médecin. "J'ai le dos moulu… la main qui me fait mal… et mes jambes qui me désobéissent." Désormais, elle place tous ses espoirs de guérison dans les Sources chaudes qui se trouvent dans la vallée de l'Abakan, plus en aval. A l'automne, elle a su persuader les pilotes de l'y conduire, laissant la maison aux bons soins d'Erofeï. "Huit jours à me baigner dans les Sources chaudes à mon plus grand profit." Sa blessure à la main s'est cicatrisée, rendant inutiles les pommades que je lui ai rapportées de Moscou. Mais pour le dos, les jambes et les bras, rien de changé. De proche en proche, la conversation revient sur les sources géothermiques. Je dis alors qu'il faut attendre l'été prochain, les hélicos seront plus nombreux…

Que les hélicoptères soient hors de prix, elle ne le comprend qu'à moitié. En installant une balise de détresse de signal 505, les bénévoles enthousiastes ont semé dans son esprit naïf une illusion de facilité : tirez la chevillette et l'hélico cherra. Que non, hélas. Plus de cent mille roubles, aller et retour. Qui paiera ? N'ayant pas osé lui poser la question en face, je me suis limité à un seul avertissement : ne tirer la chevillette qu'en cas d'extrême nécessité ! Ce n'est certes pas la première fois qu'une technologie spatiale s'accorde mal avec les impératifs de la réalité… Cela, Agafia n'est pas en mesure de le comprendre. En revanche, ceux qui ont installé le signal doivent le comprendre. Soit en obtenant (mais comment ?) que les hélicoptères répondent vraiment à ses appels, soit en lui expliquant franchement que cette histoire de chevillette ne tient pas debout.

Même les interventions concrètes et réalisables en faveur d'Agafia ne sont pas si faciles à mener à bien. Que mes lecteurs le sachent : la recette de la souscription de mon livre *Ermites dans la taïga* a été versée sur un compte d'Abakan à l'entière appréciation de Nikolaï Savouchkine, responsable en titre des Ressources forestières de la Khakassie. Je le fréquente depuis une bonne dizaine d'années. Sagace, généreux et coopératif, il connaît aussi bien l'univers des arbres que celui des rapports humains. Avec l'"argent d'Agafia", il lui a déjà fait parvenir trois sacs de farine et de gruau, trente kilos de poisson surgelé et du foin pour les chèvres.

J'ai offert mon livre à Agafia avec une dédicace de circonstance. Après en avoir examiné la couverture d'un œil curieux, elle a eu l'idée de me le dédicacer en retour. Puis nous avons parlé des chèvres. Il faut en remplacer une (mauvaise laitière). Elle réclame des poules, "trois poulettes arc-en-ciel". J'apprends que les blanches qu'elle a reçues de nous sont bonnes pondeuses mais piètres couveuses. Or Agafia veut des poussins.

Piles, bougies, citrons… la panoplie désormais familière des cadeaux de Moscou est rangée sur les étagères. Je fais le point sur les questions et remarques consignées dans mon calepin. Elles ne manquent pas. Mais un bruit de moteur nous interrompt : c'est la fin du temps imparti.

Droujok, qui pressent la séparation, pousse des aboiements désespérés. Fini le temps où Agafia se postait au sommet de la colline à l'heure des adieux. Maintenant, habituée qu'elle est aux visiteurs-surprises aussi vite envolés qu'arrivés, elle trottine jusqu'à l'hélicoptère ; et plutôt que d'agiter la main de loin en se protégeant du vent, elle vient dire elle-même au revoir aux pilotes. Cette fille de la taïga sait ce qu'elle leur doit. On dirait, à la voir près du cockpit, une enfant devant un jouet géant.

Passé un défilé, nous quittons les lieux entre deux montagnes. Sur la carte du garde-chasse figurent les points où nous sommes attendus. "Pourvu qu'on n'oublie personne !" Voici un trappeur. De peur que la turbulence des hélices n'emporte son barda, il se couche sur son tas de balluchons en embrassant le tout. Une fois de plus, chien, skis, caisses et sacs s'engouffrent dans le fuselage par la trappe ouverte. Quant au chasseur, sanglé dans un blouson en toile de laine, il promène des yeux farouches autour de lui comme s'il n'arrivait pas à se croire enfin parmi les hommes. "Ah ! les gars, venez dans mes bras que je vous embrasse tous." Accolades, grivoiseries, cigarettes. Quatre mois, il n'en faut pas plus pour ressentir l'envie brûlante de rentrer chez soi, d'entendre une voix humaine…

Encore un trappeur en blouson de toile. Un colosse celui-là. Au moment de charger son fourbi, il a manqué son coup. Le tourbillon des pales est si fort au ras de la neige qu'il emporte un ballot léger et le pousse de loin en loin… Apparemment, c'est une balle de peaux de zibeline. La course s'achève au pied d'un arbuste. Ça fait mal à voir : le trappeur nage plus qu'il ne marche, noyé dans la neige jusqu'aux épaules, et nous ne pouvons rien faire pour réduire le souffle, l'appareil lévitant sur un coussin de neige. “Ce sont des choses qui arrivent, fait le garde-chasse pour rassurer son monde. Ce n'est ni la première fois, ni la dernière.” Tout s'arrange, en effet. Le géant finit par balancer le fichu balluchon dans l'hélico. Arrivent ensuite les chiens, puis une cage assemblée de fines tiges de cèdre. “Devinez ce que c'est !” Il soulève le couvercle. Sept petits chiots bien dodus, noir et blanc, grouillent au fond du cageot. “C'est Vika et Carabas qui ont fricoté.”

Sans encombre, sans une entorse au programme, nous effectuons les sept ramassages prévus. L'hélico est bondé du sol au plafond. Nous y sommes si serrés que je passe les vingt dernières minutes debout sur une seule jambe.

— Et voilà la taïga qui se vide, dit Erofeï songeur en regardant les sapins enneigés défiler le long de l'Abakan. Il se mord la lèvre puis ajoute : Enfin non, vide, vide… c'est trop vite dit…

Il ne dit pas la suite, sachant que je sais.

P.-S. : Le présent compte rendu était déjà bouclé quand j'ai eu connaissance d'un communiqué de presse. “Agafia Lykova a lancé un signal de détresse…” On disait qu'elle était malade et que les secours n'avaient pu intervenir faute d'argent pour l'hélicoptère. J'ai pensé alors qu'il s'était passé ce qui devait se passer. Mais pourquoi Agafia avait-elle “tiré la chevillette” ? Quelque chose de grave ? Ou peut-être que l'enfant de la taïga, ignorante des turpitudes de ce monde, avait donné l'alarme sans extrême nécessité ? Inquiet, j'ai téléphoné à N. Savouchkine. Deux heures plus tard tombait sa réponse : "Aucune alerte satellite n'a été captée par la base d'Abakan." Reste à savoir d'où vient cette nouvelle inquiétante et si elle concerne bien Agafia.

Mars 1993

"La cohabitation des Lykov avec les ours fut marquée, on s'en souvient, de multiples péripéties."

La dépouille d'un grand duc faisant office d'épouvantail, une idée d'Agafia.

“Sa plus grande joie, elle la manifeste à la vue d’un bon gros parapluie, et me prie aussitôt, et je n’en crois pas mes oreilles, de la photographier avec, en compagnie de l’une des biquettes qui observent la scène.”

Avec ses livres de prières et psautiers.

UNE LONGUE ATTENTE

Le télégramme de Nikolaï Savouchkine était lapidaire : “Canicule en Khakassie. Débuts d’incendies de forêt. Patrouille d’hélicoptère envisagée. Viens vite si tu peux.” J’ai donc immédiatement sauté dans un avion, passant de la froide humidité moscovite à une fournaise comme je n’en avais jamais connu, même en Afrique : 36 °C à l’ombre.

Le 15 juin, l’hélicoptère patrouilleur s’élance au-dessus des plus belles cédraies percées par le canyon de l’Abakan. Le voyage habituel. Toujours les mêmes monts rocailleux aux versants nord couverts de neiges résiduelles. Le relief s’est paré des couleurs de l’été, un vert émeraude rainuré de torrents écumeux comme autant de fils blancs… l’Abakan reçoit les neiges fondues des sommets. Des paquets d’air frisquet s’engouffrent dans le fuselage mais, signe de grande chaleur au sol, j’avise trois rennes en train de prendre le frais sur une “paillasse” de neige fondante à la cime d’une montagne.

Odorante, la taïga tantôt se coule dans le canyon bleuté de l’Abakan, tantôt se jette à l’assaut des hauteurs au point d’effleurer de ses branches le ventre de l’hélico, on voit même des cônes de cèdre violacés, encore tendres à cette saison. Fort heureusement, pas de fumée en vue. Les incendies proviennent soit de la foudre, soit des allumettes, mais personne en ce moment ne s'aventure dans ces contrées inaccessibles et sauvages, et la chaleur s'est installée sans varier, sans orages ni pluies. Nous avons à bord Vladimir Kouvchinov, spécialiste des feux de forêt, et Nikolaï Savouchkine qui a remis à plus tard ses obligations citadines pour être aussi du voyage. Il veut voir.

Evidemment, nos pensées vont vers ceux que les circonstances retiennent "prisonniers" dans la taïga. Ils sont deux en ce moment : Agafia et Erofeï. Ce dernier est là depuis le mois d'août de l'année passée. Après avoir prêté main-forte à Agafia qui récoltait ses pommes de terre, il a passé l'hiver à courir le gibier. Mais le service héliporté de ramassage n'a pas pu le récupérer. En fin de saison, la plupart des trappeurs sont sortis des bois par leurs propres moyens, à pied, à cause de la cherté des hélicoptères. La cabane de chasse d'Erofeï est l'une des plus éloignées dans la taïga. Il n'a pas pu rentrer. Et pas le moindre signe de vie. "Il a dû rejoindre Agafia…" Ce n'est là qu'une supposition. Si tel est bien le cas, on imagine la vie qu'il a menée dans l'attente vaine d'un bruit de moteur ! Pas un vol d'hélico depuis six mois. Avec Nikolaï Savouchkine, au téléphone, nous rongions notre frein. "Comment vont-ils, là-bas, à l'ermitage ?" Par deux fois la fille d'Erofeï est venue voir Savouchkine en lui posant toujours la même question muette. On a tenté de la rassurer. "Ils ont le savoir-faire et le manger, alors…" Mais nous étions tous rongés d'inquiétude. Agafia est de petite santé. "Et deux ours dans la même tanière, qu'est-ce que ça va donner ?" Beaucoup connaissent la triste expérience de ces hivernages qui changent les amis en ennemis.

C'est donc dans l'angoisse que nous abordons ce petit îlot de vie, minuscule et perdu dans la mer verte des montagnes.

Comme dans un film policier, nous voyons trois hercules barbus et vêtus de lin sortir des bois à la rencontre de l'hélicoptère. Ils passent le gué de la rivière à tâtons, les pieds cherchant les pierres. Apparemment, le premier d'entre eux est Erofeï. Mais Agafia ? Ouf ! la voilà. On dirait qu'elle a encore rapetissé. Comme d'habitude, elle porte une robe en sac à patates couleur de souris, des bottes de caoutchouc, un foulard blanc maculé de suie. Souriante, elle agite la main. Tout va bien, apparemment. Un sacré poids en moins sur le cœur !

Erofeï pique avec sa barbe immense qui sent la fumée. Il m'écrase dans ses bras d'ours.

— Je n'y croyais plus ! Encore deux ou trois jours et j'allais rentrer à pied.

— Et ça, c'est qui ?

— Plus tard…

Nous déchargeons les sacs, les ballots, les caisses de plants, le foin pour les chèvres. Trois fois zut ! dans la précipitation, nous avons oublié les poules et leur cage qui attendaient leur heure depuis si longtemps.

Agafia est aux anges.

— Nous n'avons fait qu'attendre…

Nous expliquons pourquoi les hélicos ne volent plus. Elle fait oui, "je comprends". Mais que peut-elle comprendre des vicissitudes de ce monde ?…

Nous faisons la connaissance des nouveaux. Je reconnais l'un d'eux comme étant Alexeï Outkine qui travaillait jadis à la base de prospection géologique. J'avais gardé le souvenir d'un petit jeune barbu qui venait voir les Lykov par curiosité. Dix ans plus tard, avec barbe et calvitie, il a tout d'un vrai bonhomme. Mais toujours aussi aimable et timide. Il présente son ami.

— Vladimir... Nous venons de l'Altaï. A pied.

Vladimir a l'œil perçant, une paire de bras bien bronzés et tatoués jusqu'aux épaules. Je sens qu'Agafia a envie qu'ils nous plaisent, ces deux marcheurs venus de si loin. Elle vibrionne autour d'Alexeï. "Il vient du pays de maman. Petit papa l'aimait beaucoup." Elle va même se coller à sa barbe. Et ne proteste pas quand elle me voit la photographier en sa compagnie.

— Etes-vous là depuis longtemps ?

— Depuis trois jours.

Erofeï se tient à l'écart et prend la chose avec un sourire philosophique.

Mon dernier passage à la "propriété" remonte à un an et demi. La taïga dormait alors sous des édredons de neige. Maintenant la verdure a repris ses droits. Sur la pente raide du potager percent des pousses bleutées de seigle, des frisures de carottes et de pois, des feuilles déjà drues de pommes de terre. Le cèdre haut qui distille son ombre sur les cultures a le bas du tronc écorcé en cercle. Le vieil arbre finira bientôt dans le poêle. Autour, les grosses souches sont brûlées quand on ne peut les arracher. Les Lykov ont toujours prodigué les plus grands soins à leur potager, source première de survie, et aujourd'hui encore Agafia fait tout pour l'agrandir.

Pour le reste, rien de changé. Deux isbas habitables, un poulailler, des enclos. Là vivent quatre chèvres qui font d'ores et déjà figure de doyennes. Un ours a tenté récemment d'y mettre la patte mais a déguerpi effarouché sans demander son reste. Les lambeaux de lin rouge accrochés çà et là n'y sont probablement pour rien. C'est l'aboiement lancinant des chiens qui l'aura fait fuir. Inévitablement, le vieux Droujok et la chienne de chasse Mourka se sont fait des mamours. Le résultat est là, deux sympathiques toutous au bout d'une longe. P'tit-Tube et Branchette. Erofeï a décidé d'emmener Branchette. Quant à P'tit-Tube, sans doute ne saura-t-il jamais rien de l'autre vie, si différente du milieu qui l'entoure.

Au centre du domaine trône une barrique avec des traces de foyer dessous. "Le sanatorium", me dit-on. C'est Erofeï qui l'a trouvée à un kilomètre d'ici, abandonnée par les géologues, et qui l'a mise à la disposition du domaine.

— Eh bien, contez-nous les nouvelles.

Tout au fil de son récit, Agafia ne fait que se plaindre de sa santé. "J'ai passé l'hiver à gémir, incapable de tenir le dos droit." La cire fondue des bougies n'est plus d'aucun effet. Au printemps, on a tenté les bains chauds. La barrique dressée sur des pierres, on faisait un feu dessous pour y mettre à bouillir des aiguilles de pin, de l'écorce de tremble, des orties. "Quand l'eau tiédissait, je sautais dedans à l'aide d'un petit banc, et je me couvrais de quelque chose de chaud." Elle se demande à présent quelle était la meilleure décoction, et la plus mauvaise, émettant de sérieux doutes sur l'écorce de tremble qui "brûle et fait cogner le cœur" à l'inverse de l'ortie qui lui semble plus probante.

Ce besoin de chaud s'explique par les deux séjours qu'elle a faits aux Sources chaudes et qui l'ont sensiblement soulagée, tant et si bien que maintenant elle ramène toujours la conversation à l'écorce de tremble et aux sources bienfaisantes.

Quant à Erofeï, il répond par un soupir à la question de son isolement forcé : “A Dieu ne plaise qu’on m’y reprenne un jour.” Naturellement, il a écopé du travail d’homme : scier le bois, stocker les branches pour les chèvres. C’est fou ce qu’on aura brûlé de bois durant l’hiver ! On vivait “à deux maisons”, à raison de deux poêles par isba sans compter le poulailler qu’il fallait aussi chauffer. Les chèvres non plus n’ont pas lésiné sur les branches. Le chasseur s’est ainsi coltiné une tâche monotone où chaque journée ressemblait à la précédente. Au printemps, le tour est venu du potager. “Pour Pâques, je suis allé taquiner du fusil quelques gélinottes.” Voilà qui donnait un peu de variété à une existence consacrée entièrement à l’attente d’un hélicoptère. “Tous les jours de beau temps, je tendais l’oreille : et si jamais… ?”

Agafia “officiait aux cuisines”. Côté nourriture, ce n’était pas la misère. Mais on s’inquiétait déjà de voir s’amenuiser de jour en jour les réserves de farine et de gruau.

Il y a eu des problèmes d’eau dont la “pureté”, au regard de la foi des Lykov, est quelque chose de primordial. Tout ustensile de cuisine apporté de l’extérieur doit être inévitablement “béni” à la rivière. Agafia tenait à s’approvisionner elle-même en eau. Mais au mois de mars, fourbue des jambes et des bras, elle n’était plus en mesure de descendre à l’Erinat. Le plus simple aurait été d’assigner la corvée à Erofeï. Que nenni ! L’autre avait beau porter la barbe et s’être fait baptiser, le laisser s’occuper de l’eau n’en restait pas moins un péché. Aussi Agafia est-elle allée planter sa tente au bord de la rivière où elle faisait la cuisine et disait ses prières. La tente est toujours là : une voile de lin sous un cèdre, un tas de bûches, un âtre, un chiffon "signalétique" pour effrayer les ours...

D'après le ton de la conversation, d'après les petits reproches qu'ils se lancent mutuellement, on sent bien que cette vie de réclusion à deux a été une épreuve pour l'un comme pour l'autre. "Parfois, on se chamaillait, on s'entêtait. Il n'y a pas plus têtu qu'elle et moi." On s'affublait même d'un drôle de juron qu'il serait tentant de citer ici, mais chut ! n'en déplaise au goût de l'époque pour les débordements de langage.

"Près d'un an ensemble, ce n'est pas de la tarte ! Il y avait des jours où l'envie me prenait de partir à pied ! Je me fichais pas mal de laisser mes os dans la taïga. Ce qui m'arrêtait, c'était de la voir malade. J'aurais eu un poids sur la conscience. Maintenant, je vais devoir passer aux explications devant ma femme et mes enfants.

— La séparation se fera sans larmes ?

— Je crois que oui..."

Plus d'une fois Erofeï et Agafia, d'un commun accord, ont "tiré la chevillette" de la fameuse balise de détresse. Mais aucun signal n'a jamais été reçu. Il est vrai que rien de très grave ne s'était produit ; dans le cas contraire on n'en aurait rien su. L'éolienne, installée ici en son temps par des faiseurs de beaux gestes, ne donne rien non plus. Les bougies auraient été mieux venues. Quand leur stock s'est épuisé, il a fallu passer aux lumignons dont on s'éclairait dans les deux "pavillons" de la "propriété" par les longues soirées d'hiver. Dans l'un d'eux priait Agafia. Dans l'autre languissait Erofeï qui, l'oreille collée à son petit transistor, écoutait les nouvelles tourmentées du "siècle".

Profitant d'un moment favorable, nous allons avec Agafia au pied de la croix qui émerge des herbes hautes sur la tombe de son père. Naguère blanc quand il était de fraîche taille, le monument a fini par brunir sous l'effet des pluies. Cinq ans déjà qu'Agafia est seule ici…

Espérant que les rudes mois qu'elle vient de vivre lui ont peut-être fait entendre raison, nous essayons pour la nième fois de lui signifier qu'elle ferait mieux par sagesse d'aller vivre parmi les siens. "Nous ferons le transport et monterons une isba sur place. Les secours viendront toujours à temps." Nous tentons de lui expliquer pourquoi les hélicoptères ne peuvent plus voler.

Même réponse que toujours :

— Là-bas je tousserai, c'est Igor Pavlovitch* qui l'a dit…

* Igor Pavlovitch Nazarov, né en 1938, docteur en médecine de Krasnoïarsk (anesthésiologiste et réanimateur), fréquente les Lykov depuis 1980. Auteur d'un ouvrage à tirage confidentiel – *Tayojnyé otchel'niki*, Krasnoïarsk, 2005 –, il y présente, outre des observations personnelles, une anamnèse circonstanciée des membres de la famille et surtout d'Agafia. Selon lui, les Lykov n'ont jamais souffert des maladies dites "du monde civilisé" telles que l'athérosclérose, l'hypertension artérielle ou le diabète, leur ennemi étant les affections articulatoires comme la polyarthrite ou l'ostéochondrose sévère (la "contracture" d'après le mot d'Agafia). "Ce qui dépasse l'entendement, c'est que ce petit bout de femme (1,48 m) ait pu déboiser un terrain de 150 sur 300 m. Elle s'y rendait la nuit par une neige profonde à plus de 15 km, sciait des pins, des cèdres et des bouleaux plus que quadragénaires, les abattait, débroussaillait, labourait la terre à la houe." Au nombre des pathologies constatées chez les Lykov, l'arythmie cardiaque parfois accentuée par la consommation occasionnelle de neige fondue sans électrolyte ni sodium. Le pire étant l'absence d'anticorps

— Il y a une foule de souffreteux aux Sources chaudes. C'est là-bas que tu risques d'attraper la crève.

— Igor Pavlovitch a dit : les Sources chaudes, c'est permis…

L'affaire étant close à ses yeux, elle pousse son trottinement vers l'isba et revient aussitôt avec une offrande destinée à Nikolaï Savouchkine : des chaussettes en poil de chèvre tricotées cet hiver. Et de ramener la conversation aux Sources thermales. C'est maintenant qu'elle veut partir.

— Et qui va garder la maison ?

— Alexeï. Il veut vivre ici. Il aura son isba et moi la mienne. Nous serons comme frère et sœur…

Agafia fête cette année une date jubilaire, ses cinquante ans.

— Et toi ? Quel âge as-tu ? demandons-nous à Alexeï.

— Trente-quatre ans.

Que signifie pour lui vivre "comme frère et sœur" ? Il hausse les épaules en souriant.

— Ben, je vais m'installer. Je chasserai. Nous tiendrons la maison ensemble. Nous sèmerons le seigle pour ne pas avoir à le transporter. Je fabriquerai un moulin…

et donc d'immunité (sauf contre l'encéphalite), chose confirmée bientôt par des prises de sang. On sait que la famille Lykov a été décimée par suite de ses premiers contacts avec le monde humain, mais la question reste ouverte de savoir si la faute en incombe à une contamination viro-microbienne (I. Nazarov) ou bien au choc stressogène de la découverte du monde extérieur (V. Peskov), ceci faisant l'objet d'une sourde polémique entre les deux auteurs. Polémique non exempte d'une certaine jalousie réciproque (à chacun "son" Agafia, que l'on se dispute).

Sait-il combien d'autres avant lui ont tenté de se faire un trou ici et comment cela s'est terminé ?

— Avec moi, ce sera différent.

— Et la religion ?

— Je confesserai ma foi entière.

Comprend-il la responsabilité qui lui incombe ?

— Bien sûr que oui. Je ne suis plus un bébé.

Selon ses dires, Alexeï vit seul du fruit de la terre dans son village de l'Altaï : potager, cheval, bétail. Dans le pays, son père a la réputation d'un “ours maraudeur” de la taïga : où qu'il passe, il ne fait pas parler de lui en bien.

— Il y a longtemps que je n'ai plus aucun rapport avec lui pour cette raison-là.

— A toi de voir, lui disons-nous. Si tu agis pour le bien d'Agafia, il n'y a rien à redire. Mais tromper sa confiance est un immense péché, vois sa crédulité. Ne l'oublie pas.

— Je comprends.

Et c'est tout. Agafia s'approche et pose ostensiblement aux côtés de son “frère” Alexeï.

Les pilotes consultent leur montre : c'est qu'Agafia doit faire ses balluchons. Eh bien non, il s'avère qu'elle est déjà prête. Elle donne encore quelques dernières consignes, et trois bonshommes – Erofeï, Alexeï et son ami bronzé – portent bientôt à l'hélico ses affaires de “vacances” : un sac de pommes de terre, des sachets de pain séché et de gruau, une icône, des livres, une hache, un bidon et deux fagots de bois. Agafia, qui a déjà fréquenté les Sources chaudes, connaît les conditions de ce sanatorium sauvage. Chaussée de ses bottes en caoutchouc les plus coquettes, elle passe la rivière à gué vers l'hélicoptère avec une casserole de pommes de terre bouillies à la main (pas le temps de manger dans la précipitation).

Au pied de l'échelle, la "vacancière" se signe comme à l'entrée d'une église avant de se hisser dans la machine.

Décollage.

En déballant nos affaires, Savouchkine et moi avons laissé dans l'isba la panoplie habituelle de piles, bougies et autres ustensiles ; en revanche, nous avons rapporté dans l'hélicoptère un sac d'oranges et de citrons dont Agafia s'est affriandée. Et nous avons aussi un fruit qu'elle ignore. Des bananes. Elle fronce le sourcil.

— C'est quoi ?

Avec le bruit des moteurs, j'ai de la peine à lui expliquer. J'en épluche une en l'invitant à m'imiter. Elle secoue la tête en souriant :

— C'est défendu…

Une fois à terre, j'ai confié le sac à une femme venue nous accueillir, la priant de bien veiller sur Agafia et de l'initier au fruit exotique.

Juin 1994

MALADE

Mes amis d'Abakan m'ont téléphoné à Moscou dès qu'ils ont pu résoudre le problème – épineux par les temps qui courent – du voyage en hélicoptère. En quête d'une solution, ils avaient même songé à la collecte publique orchestrée à la radio par Lev Tcherepananov* : "Des hélicoptères pour Agafia !" Où était cet argent ? C'était maintenant qu'il le fallait ! Mais, à Moscou, le collecteur ne donnait plus de ses nouvelles. Or le temps pressait. Quand on reçoit un SOS, d'où qu'il vienne, il n'y a pas une minute à perdre. "C'est bon pour cette fois, a soupiré le fonctionnaire des Situations d'urgence, on va remettre un hélico en route…"

L'hélicoptère tigré de l'armée nous attend sur la piste d'Abakan. Je suis à peine embarqué avec

* Lev Stepanovitch Tcherepananov, né en 1929, est un écrivain d'origine sibérienne établi à Moscou. Spécialiste du forestage (a travaillé comme rédacteur dans la presse sylvicole), il magnifie par une prose de sensibilité "terrienne" la forêt russe qu'il regarde comme une gardienne des traditions nationales. Il s'est rendu auprès des Lykov dans le mois qui a suivi leur découverte. Proche des vieux-croyants, il convaincra Agafia de s'installer dans un couvent de la vieille-foi, en Touva, aux sources de l'Ienisseï (voir *Ermites dans la taïga*), d'où elle s'échappera bientôt.

mes cliques et mes claques qu'il s'élève déjà dans les airs. J'avise quelques têtes connues. Il y a Nikolaï Savouchkine, le chef des Ressources forestières de la Khakassie, Erofeï Sedov… Sont aussi du voyage deux médecins, un milicien et un météorologiste avec ses tubes en alu pour sonder les neiges. "Coup de bol… plaisante-t-il tristement, on n'a plus un radis dans les caisses pour les vols de prospection, alors j'en profite…"

Les pilotes viennent d'arriver de Krasnoïarsk et c'est là leur première mission pour l'ermitage. Après avoir calculé leur plan de vol sur la carte, ils interrogent Erofeï sur la configuration des lieux, les repères visuels et le point d'atterrissage. Dans leur esprit, la notion de "situation d'urgence" est associée à des choses comme le récent crash du Boeing près de Novokouznetsk. "En approchant, on a découvert un coin dégarni de taïga, tout parsemé de débris. On n'aurait jamais cru qu'un avion puisse se pulvériser en miettes aussi minuscules…"

Quoi de neuf dans le refuge des Lykov ? me demandent les pilotes. Je résume la situation : "A l'automne dernier, par suite d'un SOS comme celui-ci, la fille des bois a été transférée à Abakan. Un mois d'hôpital. Diagnostic : ostéochondrose. L'examen a révélé aussi un fibrome interne. Elle a refusé l'opération. Comme elle a refusé de s'installer chez ses cousins : «Qu'on me ramène chez moi !» Et maintenant, rebelote. Son gîte héberge aussi un «volontaire» venu de l'Altaï pour recevoir le baptême, à ce qu'il dit…"

Une journée limpide. Le printemps a devancé l'appel d'au moins trois semaines. La lumière bat si fort les neiges étincelantes du relief que les cèdres verts paraissent noirs. Dans tout ce blanc, on ne voit pas même les marques cruciformes des oiseaux, sans parler des empreintes de rennes.

Soit que le temps passe plus vite à force de parlote, soit que l'hélico de l'armée puisse redoubler de vitesse à mi-charge, toujours est-il qu'on aperçoit déjà la rivière Erinat et le petit "Shanghai" de la taïga. Erofeï montre aux pilotes le point où se poser, un éperon rocailleux couvert de neige. Et nous nous posons.

Nous sommes accueillis par un gars d'une vingtaine d'années, de ceux qu'Agafia aime à qualifier de "bancroches de l'esprit". La toque froissée, l'air hagard. Il s'appelle Vassili. Il est venu ici à pied, à l'automne, avec des amis. Lesquels amis sont repartis en piquant à Agafia un fusil offert par Erofeï. Vassili, avec son accordéon pour tout bagage, est resté. Il a passé l'hiver en prières et en musique.

— Il se passe quelque chose ?

— Agafia Karpovna est malade...

Agafia Karpovna, nous la retrouvons assise tout habillée sur le poêle, un bâton à la main. Elle gémit très fort, pour être bien entendue. C'est d'abord de ses maladies qu'elle nous parle :

— Mon dos... Je suis incapable de porter du bois. Et même de pétrir de la pâte...

"Crise aiguë d'ostéochondrose. Rythme cardiaque, cent vingt. Tension artérielle, treize huit." Telle est la conclusion des médecins.

— Que doit-on faire ?

La question est posée par Savouchkine et moi-même. Il se trouve qu'Agafia veut aller aux Sources chaudes, seul salut à ses yeux. Le site se présente comme un coin sauvage de taïga envahi en été par deux ou trois dizaines de rhumateux qui s'installent à la sauvette dans des cabanes de planches, sans surveillance médicale. A cette saison, les "thermes" sont ensevelis d'une couche de neige qui vous monte jusqu'à la ceinture, sans personne pour assister le malade. Qui pis est, les médecins sont catégoriques : pas de bain chaud en cas de fibrome.

Nous sortons un instant pour demander son avis à Vassili-le-néophyte, l'homme à l'accordéon. Se sent-il prêt à tenir la maison tout seul ? Après un temps d'hésitation, il nous indique que oui en hochant la tête…

— Agafia, dit Savouchkine d'un ton qu'il veut sévère, pas question de Sources chaudes. Tu n'es même pas fichue de descendre du poêle. A toi de choisir : ou bien tu te laisses transporter chez tes cousins avec chèvres, poules et chien, ou bien tu confies la maison à Vassili pour aller à l'hôpital d'Abakan. Le temps que tu te soignes, on préviendra tes cousins qui t'hébergeront jusqu'aux beaux jours. Après, on trouvera toujours une solution.

Elle penche pour la deuxième variante. Pour la forme, elle dit en souriant :

— Y a encore une troisième issue. Que je reste ici à faire mon trousseau de morte.

Mais la décision est prise. Tout en geignant, appuyée sur sa canne, elle descend du poêle et apostrophe Vassili.

La maison a l'habitude de ces départs au pied levé : les pilotes pressent toujours le mouvement. Mais cette fois Agafia a du mal. Que prendre avec soi ?

— Vassili, fais vite un ballot avec le psautier, la petite casserole, du sel et des biscottes…

Ce disant, elle décroche une montre de sa ficelle, prend une icône de voyage, des crayons, du papier, des enveloppes, et, le visage ridé de douleur, se plaint de son novice.

— Ça ne sait même pas faire le pain. Ça ne sale jamais les pommes de terre. Pour un peu, ça mettrait le feu au plafond en chauffant la baraque. J'ai beau avoir un cœur d'oiseau qui cogne dans la poitrine, ça joue de la musique comme si de rien n'était…

Vassili encaisse avec le sourire d'un cancre qui en a vu d'autres.

— Maintenant que je pars, tu vas pouvoir jouer tout ton soûl.

La marraine toise son accordéoniste de filleul avec une méchanceté infantile.

Ordre est donné à Vassili de nourrir les chèvres à l'heure, de veiller aux poules et de chasser les oiseaux qui s'introduisent dans le sas d'entrée pour picorer les sacs de grain. Des consignes spéciales concernent les prières et la tenue du calendrier.

— Sinon tu ne sauras même plus si c'est carême ou Pâques.

Le temps qu'Agafia fasse le tour de son domaine au bras de Savouchkine, les pilotes attendent patiemment. Elle marque un arrêt devant les chèvres qui broutent l'herbette avec une froide indifférence, puis devant l'enclos où les poules ont trituré le fumier chaud. Seul le chien a tout compris, qui pousse des aboiements plaintifs en tirant sur sa longe.

Le chemin qui mène à la tombe de son père n'est pas déneigé. Agafia aimerait bien s'approcher de la croix. Mais comment fouler la neige quand on est perclus ? Après une courte hésitation, elle abandonne d'un geste de la main.

— J'ai eu un mauvais rêve la nuit dernière : que je faisais mes adieux à la maison…

Nous descendons la pente en direction de l'hélicoptère. Dix minutes durant, un pas après l'autre, Savouchkine conduit Agafia qui crie aïe ! à chaque mouvement, elle habituellement si agile.

Devant l'hélico, pilotes et médecins proposent une photo de groupe, ignorants qu'ils sont de l'hostilité d'Agafia envers la chose photographique. Je l'interroge du regard. D'ordinaire, ces propositions sont balayées d'un geste sans appel – “défendu !” Eh bien, non, voilà Agafia qui s'assied au beau milieu de tout ce monde sur un échelon de la passerelle. Je lanterne exprès. Elle esquisse un mouvement de résignation : “de guerre lasse...”

Comme elle n'est pas en état de se hisser dans l'hélico, c'est Erofeï qui la monte à bout de bras. Nous les suivons aussitôt. Au dernier moment, nous apercevons Vassili, accordéoniste solitaire planté sur un rocher.

— Ah ! j'ai oublié de lui dire de faire germer les pommes de terre, soupire Agafia en embrassant du regard son potager en pente raide d'où montent ici ou là des filets de vapeur.

Il y a deux réservoirs d'appoint jaunes dans le fuselage. Elle s'adosse à l'un d'eux. Le temps n'est pas si loin où nous nous émerveillions de son premier voyage en hélicoptère ; c'est maintenant de la routine : elle prend place, se signe, sort sa montre et se laisse porter.

La cherté de l'hélicoptère, elle est au courant. “Des millions, toujours des millions, voyez-moi ça !...” Mais elle ne mesure pas vraiment le coût d'un vol. Elle s'imagine qu'au premier mot de Nikolaï Nikolaïevitch et de Vassili Mikhaïlovitch [Peskov], l'hélico sera là. Elle a d'ailleurs préparé un cadeau de reconnaissance. D'un baluchon, elle extrait une chaussette de grosse laine aussi ferme que le feutre d'une botte paysanne. Elle n'a pas trouvé le temps de faire la seconde, mais elle la tricotera à tout prix, c'est promis. D'ailleurs, elle a emporté de la laine.

Tout le monde pousse des cris admiratifs, bien sûr. Rassérénée, la tricoteuse m'oblige à me déchausser pour l'essayage. Et d'ajouter dans la foulée, mine de rien, que l'hélicoptère, c'est mieux que le train, tout ce temps qu'on passe à languir dedans pour aller chez les cousins. Savouchkine et moi échangeons un regard. Notre robinson a décidément bien du mal à comprendre les soucis de ce bas monde.

Son ardeur est de courte durée. Les secousses ravivent bientôt ses douleurs. Elle demande à s'allonger sur un siège. Puis elle se remet sur le séant, ressort sa montre. Puis elle se couche à même le sol. Puis s'adosse de nouveau contre le réservoir. Elle est blême. Rythme cardiaque, cent vingt.

On a sorti les pommes. La plus grosse est pour elle. Les doigts en pince, elle la coupe en deux et se met à gratter méthodiquement la peau de ses ongles noirs. Elle la mâchouille sans plaisir. “J'ai le cœur barbouillé...”

Deux heures de vol l'ont harassée, mais elle refuse les médicaments. “A trop en prendre on se fait mal...”

De l'aérodrome d'Abakan, nous filons directement chez Nikolaï Savouchkine.

L'ascenseur, l'électricité, le confort d'un intérieur urbain, rien de cela ne trouble la fille de la taïga. Avec des manières de patronne, elle fait poser ses sacs où il faut, sort son icône d'une boîte en fibres de cèdre, puis demande à passer “au coin utile" avant de s'installer, un œil oblique tourné vers la télévision.

Nous sommes le jeudi 2 mars. Une fois de plus, la vie du "siècle" sent la poudre à l'écran*.

— Qu'est-ce qu'on est allé le tuer ?... Si jeune et si beau...

Que pouvons-nous répondre, nous qui n'avons pas la réponse ?... Peut-être le président va-t-il donner des explications ?

Oublieuse du péché cathodique, Agafia regarde le président à la télévision. Quand il a fini de parler, elle se tourne vers nous avec un air d'impuissance : pas compris...

La tragédie de Moscou ne la touche guère. Après avoir prêté une oreille distraite à notre "traduction" du discours présidentiel, elle relance la conversation sur ses maladies. Il n'est aucun sujet qu'on évoque aussi volontiers que les souffrances de son corps. Drôle d'impression que de reconnaître dans sa bouche les mots : *biseptol*, *paracétamol*, *térébenthine*, *nonivamide*...

Le temps que Nikolaï Savouchkine s'occupe de transmettre un télégramme aux cousins d'Agafia dans leur village de Kilinsk, je propose à la souffrante en pleurs de lui faire un massage au dos. C'est oui. Elle ôte son tricot, n'ayant plus sur elle que son sarafan noir. Et malgré quelques

* Allusion au meurtre (1er mars 1995) à ce jour non élucidé du journaliste Vladislav Nikolaïevitch Listiev, né en 1956, figure de proue de la liberté de la presse en Russie. Le 2 mars, les télévisions ont interrompu les programmes en barrant l'écran du titre *Vladislav Nikolaïevitch assassiné*. Par suite de quoi le président Boris Eltsine a fait une déclaration.

timides gémissements, elle endure sans piper la manipulation maladroite que je lui administre.

La maîtresse de maison, connaissant le rapport spécial d'Agafia à la nourriture, dresse la table avec des œufs et des pommes. Le tout bien accueilli. Seul le sel fin est répudié. Agafia sort son propre sel, du gros gris conservé dans un linge. Pour le lendemain, on s'entend sur du poisson "non écorché" (non éviscéré). "Et que l'eau soit de l'Abakan..." Pour l'eau, Agafia extrait de son balluchon un bidon carbonisé avec une poignée en fil de fer.

La fille de la taïga dormira sur un large divan aux draps blancs comme neige qu'on est en train de lui préparer. Après avoir demandé comment éteindre la lumière, elle prie et se couche sans retirer son foulard ni son sarafan élimé.

Elle dit au matin qu'elle n'a presque pas dormi. Et la voilà relancée sur ses maladies. Nous allons chercher le médecin.

Un drôle de dialogue s'engage entre l'éminent neuropathologiste d'Abakan Boris Moutz et l'acharnée légataire de la vieille-foi. Le docteur pose une question et attend la réponse. Agafia lui livre en retour son explication de la maladie, nomme les médicaments et la quantité voulue.

— Eh bien, il va falloir se soigner un peu, conclut le docteur.

Le déjeuner pris, nous conduisons Agafia à l'hôpital où beaucoup la connaissent de sa première cure. Elle-même n'a pas oublié la procédure d'admission. Elle ôte sa "maille" et revêt la blouse. On ouvre un dossier. Nom de famille, patronyme. République de Khakassie, district de Tachtyp, localité...

— Néant, dit Nikolaï Savouchkine, mettez un trait.

— Comment ça, un trait ? s'immisce Agafia, bien sûr qu'il y a une localité : Ermitage Taïga.

Rire général. Et Agafia, heureuse de son mot, répond par un sourire.

Au moment des adieux, comme à mon habitude, je lui répète qu'on ne peut pas vivre seul et malade à l'écart du monde humain ; et qu'elle devrait rester à Kilinsk.

— J'attends les beaux jours. Après on verra bien…

Dans le couloir, elle s'assied près d'une vieille, une souffrante comme elle, mais qui vient du "siècle". C'est bien sûr de santé qu'on se parle.

Avec Nikolaï, nous les épions. Il y a tant de malheurs, d'infortunes, de souffrances, de morts, de tragédies déchirantes dans le monde qui nous entoure, que le cœur d'un homme n'y suffit déjà plus. Et pourtant ce drame humain si singulier qui découle d'un passé russe aussi ancien que récent continue de nous émouvoir.

Mars 1995

RENCONTRE D'AUTOMNE

Nous avons longtemps guetté l'occasion d'une visite à Agafia avant l'hiver. Par des voies détournées (un hélicoptère a fait une halte près de chez elle pendant l'été), elle m'a fait parvenir un petit mot : "Le potager n'a rien donné que les pommes de terre… Il faudrait remplacer le coq et même le bouc, devenu trop vieux, il ne monte plus. Du foin, ce serait bien aussi…" Nous voilà donc atterrissant au pied de sa montagne sur l'éperon rocheux habituel avec tout le bataclan : oignon, ail, semences potagères, foin, coq et bouc "frais", cadeaux, friandises, bougies. Sans attendre Agafia qui descend d'ordinaire à notre rencontre, nous prenons la piste qui monte à son domaine et trouvons la patronne sur le seuil de sa porte.

La dernière fois que nous l'avons vue, c'était cet hiver. Elle nous avait accueillis une canne à la main et s'était traînée à grand-peine jusqu'à l'hélicoptère en criant ouille. Maintenant ça va, elle paraît souriante. Heureuse de voir tout ce monde, elle commence aussitôt à nous parler d'un événement récent : une ourse et ses oursons qui se promènent dans les parages…

Rien de changé à l'ermitage. Fou de joie de voir tant d'hommes, le petit chien P'tit-Tube ne sait plus où donner de la truffe tandis que le bouc, qui a pris un sacré coup de vieux, nous jette un œil torve, frange basse. Une poule jaillit en caquetant d'un arbuste cerclé de gerbes de seigle. Agafia y plonge la main pour en extraire un œuf encore tiède.

Nous débarquons avec un vrai bataillon d'ouvriers forestiers, douze hommes armés de pelles et de seaux pour la récolte des pommes de terre. Tout ce monde se met au travail sans plus tarder. Agafia, en contremaître avisé, ordonne le qui-fait-quoi en parcourant les parcelles escarpées de son potager. Même ici l'été s'est passé sous une chaleur écrasante, par suite de quoi le rendement s'annonce plutôt maigre. De plus, la pomme de terre ayant été plantée tardivement, elle n'a pas la maturité voulue et l'on ne peut pas la ramasser partout, en sorte que quatre bonshommes se voient réaffectés illico à l'abattage du bois pour l'hiver, et deux cèdres morts sont déjà en train de tomber sous les dents des tronçonneuses. Au village, chez ses cousins, Agafia boudait les tracteurs et les tronçonneuses en se pinçant le nez ; mais ici elle se résigne et paraît même heureuse à la vue de ces énormes billons, bien qu'il faille encore les fendre alors que les pilotes n'ont donné en tout et pour tout que deux heures d'horloge.

Nikolaï Savouchkine, Agafia et moi nous asseyons dans l'izbouchka pour parler de l'hiver qui approche. Si la cabane n'est pas mieux rangée qu'avant, elle paraît agréablement plus proprette – ni ordures ni suie. Il y a même des paillassons par terre, des linges, un pan d'écorce… peut-être une influence du "siècle" après un séjour à l'hôpital et chez les cousins de Kilinsk. Nous l'avions placée en soins hospitaliers au mois de mars. Quand son lumbago et sa chondrose lui ont accordé un peu de répit, ses parents l'ont conduite en haute Choria, dans un village de basse montagne*. Tout n'a pas été rose. J'ai reçu d'Agafia et de ses cousins des lettres pleines de plaintes réciproques. Agafia ne rêvait que de rentrer chez elle, une occasion qui s'est présentée seulement au début de l'été.

Poules, chèvres, chien, chats et potagers... toute l'"exploitation" était restée à la charge de Vassili, accordéoniste en herbe baptisé par Agafia et nourri sur place. Si le garçon a su veiller sans dommage à la maison, sa solitude aggravée par la longue absence de la maîtresse des lieux a fini par le dégoûter de la suite. Agafia s'est encore absentée quinze jours aux Sources chaudes pour y "soigner ses os" puis Vassili, après avoir bien aidé au jardin, a déclaré à sa marraine son intention de la quitter. Il est donc parti pendant l'été, avec accordéon et galettes dans son balluchon. Sans larmes de part et d'autre, semble-t-il.

Pour la première fois depuis des années, Agafia ne se plaint pas de sa santé et paraît même d'humeur enjouée. Grande joie à la vue du cageot d'ail et d'oignons. Elle nous apporte en retour une brochette de cinq ombres pêchés du matin même.

Quand nous sortons à l'appel d'un soleil caressant, Agafia nous conduit à l'endroit où s'est montrée la mère ourse.

* Choria : contrée montagneuse rattachée à la région administrative de Kemerovo ; doit son nom au peuple des Chors, de souche turcophone et de culte chrétien, aussi appelés "Tatares forgerons" du fait de l'abondance des minerais de fer ; aujourd'hui réputée du grand public pour ses stations de sports d'hiver. Kilinsk, le village des cousins d'Agafia, se situe par 52° 31' 42" N et 87° 47' 32" E, à 258 m d'altitude.

— Le chien n'arrêtait pas d'aboyer, alors j'ai compris. J'ai pris un bâton, et gong sur la barrique. Au matin, j'ai vu les traces au bord de l'eau, c'était une ourse et ses deux petits…

— Et qui as-tu d'autre comme voisin ?

— La nuit, c'est le grand duc qui m'assomme. Toujours avec son cri plaintif "Hou-hou-là-là".

A force de questions, nous finissons par comprendre qu'il s'agit de la chouette hulotte avec son hululement caractéristique "Hououou…" qu'Agafia n'est pas la seule à faire parler à sa façon.

Loutres et visons ont fait leur apparition dans la rivière, attirés par les nasses tressées où les ombres se laissent prendre au piège à l'automne. Va pour les loutres, mais maudits soient les visons…

— Parce qu'ils esquintent le poisson. Ils le triturent et le jettent. Que voulez-vous que j'en fasse ? Juste bon pour les poules, si je le mets à sécher…

Agafia est obligée de tenir sa basse-cour sous haute protection – les poules à la volière, les chèvres au pieu. Seul le chien P'tit-Tube peut aller à sa guise. Si joyeux qu'il soit devant tout ce monde, il ne manque pas une occasion de marquer sa fidélité à sa maîtresse en la regardant dans les yeux ou en se blottissant contre elle.

Les boucs se font mauvais accueil, il faut les séparer aussitôt. Celui "qui ne monte plus" est attaché à l'hélico – il finira en brochettes –, tandis que Borka prend du service loin de chez lui dans une garnison nouvelle.

En remplacement du vieux coq, on jette un jeune fanfaron aux poules qui le rembarrent aussi sec sans dire pourquoi. Commence alors tout un tohu-bohu dans un floconnement de plumes, avec un tintamarre qui intrigue même les casse-noix mouchetés à quelques volées de là. Mais Agafia ne fait que s'en amuser. "Ils finiront bien par s'habituer."

C'est une journée douce et ensoleillée. Du haut du potager, à travers une tremblaie dépouillée de ses feuilles, on entrevoit la rivière. Là-bas se détache la masse bleue d'une montagne avec, plus loin, les premières cimes enneigées. Deux hommes du "commando" font la gamelle au bord de l'eau sur un feu de camp. L'hélicoptère, posé sur les galets où s'étale une gaze de fumée, ressemble à une écrevisse rouge à peine sortie du bouillon, corps étranger au cœur d'un monde paisible et perdu. Quelques restes de feuilles jaunes trépident aux branches des trembles, qui jurent avec le vert mordant des cèdres. Je renonce à la gamelle pour être seul une demi-heure avec Agafia.

— Bientôt l'hiver…

— Oui, bientôt… (Agafia pensive gratte une pomme de terre du bout de l'ongle.) Le temps file comme l'eau du torrent, on ne peut rien contre.

— Arriveras-tu à finir la récolte ?

— Tant bien que mal…

Y a-t-il seulement un coin de notre grande terre où vive une âme seule au fond d'un antre hors de tout ? Peut-être que oui. Quelque part sous les Tropiques où la neige n'existe pas. Or, là, encore trois semaines et l'hiver s'installera.

— Les ours ne vont pas tarder à regagner leurs tanières…

— Pas tous. Il y a parfois des maraudeurs qui traînent. Et ce sont les plus redoutables…

L'oreille tendue aux appels de mes camarades qui montent de la rivière, je me prends à penser que même si le temps lui dure de voir enfin quelqu'un débarquer, Agafia doit être après coup soulagée de rester avec les poules, les chèvres, le chien, les chouettes, les casse-noix, les visons qui esquintent le poisson dans les nasses. J'ai constaté, ces dernières années, qu'elle priait moins qu'avant et qu'elle ne ponctuait plus les conversations de prières aussi souvent que par le passé. Maintenant elle contemple la chute des feuilles, silencieusement, un sourire triste à la bouche.

De la fille sauvage et barbouillée que j'ai connue voici treize ans, Agafia est devenue un être parfaitement conscient d'occuper une place à part dans la vie. Elle tient d'une foi inébranlable que le paradis qui existe quelque part sera plus beau que ce torrent limpide, que ces pins aux cônes violets gonflés de résine, que la masse bleu foncé de la montagne où des rennes se meuvent à pas feutrés, que le bruissement des feuilles aux arbres.

Il faut se quitter. On m'appelle d'en bas et les pales de l'hélicoptère me disent en sifflant de presser le pas. Agafia et moi dévalons la pente et sautons de pierre en pierre le long du torrent. Et déjà le souffle furieux de l'hélice fait tourbillonner les feuilles en peignant l'herbe rousse, on dirait que hop ! il va emporter la frêle silhouette qui s'agrippe à un tas de bois. Nous décollons. En faisant un cercle au-dessus du domaine, nous voyons à sa corde le bouc fraîchement débarqué, le monticule de pommes de terre qu'on vient d'arracher et le mince filet de fumée qui s'élève de l'izbouchka.

Du haut du ciel, on ne voit plus de l'automne que de vagues reflets roux pareils à des queues de renard. Liserés de saules, les torrents et ruisselets qui filent vers l'Abakan déroulent une écharpe de fourrure jaune. Nikolaï Savouchkine et moi bavardons avec une pensée pour Erofeï qui, pour la première fois, n'est pas du voyage. Les choses de la vie ont fait que notre vieil ami a quitté Abaza pour un petit village du côté de Tachtagol, et nous n'avons pas eu le temps de lui annoncer notre expédition.

De retour à Moscou, une lettre m'apprend qu'Erofeï Sazontiévitch Sedov n'aurait pu participer à notre voyage. Il écrit : "J'ai eu une opération. On m'a ôté une jambe." Comment ? Pourquoi ? pas un mot là-dessus. Sans doute est-ce la conséquence de deux hivernages de chasse "au pays des Lykov". Il avait eu la jambe gelée, et peut-être ne s'était-il pas bien soigné. Agafia ignore encore le triste sort de cet homme désintéressé qui restait pour elle le premier sur qui compter.

Septembre 1995

UNE ANNÉE SANS SE VOIR

Eh oui, pas loin d'une année... L'automne dernier, nous étions là pour la récolte des pommes de terre. Cette fois, les fanes sont encore vertes. Vertes aussi les tomates et, sous un plastique, les rangées de concombres déjà trop mûrs. Il y a même des tournesols, on se croirait dans le Kouban. Ils n'arriveront jamais à maturité sous ces latitudes. "Par contre ça fait joli..." sourit la jardinière qui s'empresse de lever pour nous un coin de couverture : bien au chaud dans leur niche douillette, des citrouilles commencent à brunir.

— Tu fais là une jolie disciple de Mitchourine, Agafia !

— De qui de quoi ?! répond-elle en levant le sourcil, bien qu'elle devine intuitivement le compliment.

Le seigle est moissonné, mais l'avoine (cultivée pour les poules) est encore drue, choux et fèves étalent leur brillance bleue, carottes et radis foisonnent. Et pourtant l'automne menace déjà le jardin-taïga. Des taches jaunes et rouges parsèment la forêt verte, le torrent gonflé de pluie roule un grondement d'arrière-saison et les sommets scintillent de neige.

Les journées sont tièdes. L'hélicoptère est reparti à ses affaires dès qu'il nous a déposés. Heureuse opportunité : il pourra nous reprendre dans deux jours. Voilà qui nous laisse le temps de prendre nos marques, de bavarder tranquillement, d'arpenter les lieux et de dormir sous le toit d'Agafia.

A travers la fumée bleue d'un feu de bois transparaît distinctement la première izbouchka de l'ermitage, minuscule (n'y manquent plus que des pilotis en "pieds de poule" pour en faire une maison de conte russe). Deux mètres sur deux. Du haut du jardin qui gravit la montagne, on a l'impression de pouvoir la soulever comme une boîte d'allumettes. Ce sont les restes de l'ancienne isba des Lykov, qui date d'avant guerre, rabibochée par un chasseur en cabane d'hivernage. Née il y a cinquante et un ans, Agafia en a peut-être effleuré jadis les rondins enfumés du bout de ses petits doigts d'enfant. Le jour où Nikolaï Savouchkine, qui a passé lui-même le plus clair de sa vie dans les bois, a vu qu'Agafia et son père s'apprêtaient à y passer l'hiver, il m'a écrit à Moscou : "Ils vont geler là-dedans. Nous allons essayer de construire quelque chose de plus solide et plus chaud." Promesse tenue, mais dans la précipitation et sans le résultat escompté. Il a fallu en construire une deuxième…

A présent ce "lieu de vie" perché dans les montagnes ressemble à un vrai domaine : trois cabanes, une étable à chèvres, un poulailler, des enclos, une grange à farine et à grains montée sur pilotis, un chemin qui mène à la rivière, un potager…

La résidence principale d'Agafia n'a plus rien à voir avec la vieille izbouchka fichée en terre et pleine de suie où elle a passé les trois quarts de son existence. Son isba actuelle est spacieuse et coquette, il y a même des tapis au sol et des rideaux aux fenêtres. La couche n'est plus un sac à guenilles mais un vrai lit avec oreiller et couverture. Ça sent bon le pain du four et la soupe de poisson. Vaisselle propre à l'étagère, baromètre au mur. Et partout des pendules égrènent leurs tic-tac – montre, horloge murale et deux réveils. Il n'y en a pas deux qui disent la même heure. L'izbouchka d'à côté est occupée désormais par un artiste peintre barbu arrivé de fraîche date. Celui-ci possède un transistor auquel on peut vérifier l'heure, mais Agafia ne s'y fie guère. Elle juge plus fiable et plus agréable à Dieu de demander aux pilotes de passage. Cette fois encore, elle a commencé par régler son réveil avant d'accueillir ses visiteurs avec toujours le même sourire hospitalier adressé à chacun.

Elle est vêtue comme d'habitude d'un cafetan de sa fabrication avec des foulards qu'elle noue à la façon des moudjahidines, signe qu'elle a été mariée. Du nouveau, en revanche, dans la façon dont elle se chausse : elle a modernisé ses bottes de caoutchouc en séparant le pied de la tige pour y coudre un cuir souple de récupération, plus propice à la marche. Comme la trouvaille ne passe pas inaperçue, nous la complimentons et – marque d'humaine faiblesse – elle s'en réjouit.

Echange de nouvelles. Nous parlons santé et jardin, comme à chaque retrouvaille. J'entends des mots nouveaux dans la bouche d'Agafia : ruban isolant, café, bonbons, doryphores, Tchétchénie.

C'est le peintre Sergueï qui se charge ici de son instruction politique, sans compter ce qu'elle a pu glaner d'informations sur la Tchétchénie à l'occasion d'un récent séjour aux Sources chaudes.

Soupirs : “Petite maman le disait bien, il y a beaucoup, beaucoup de péchés dans le siècle...” La conversation tourne principalement autour des questions alimentaires et énergétiques. Agafia m’avait déjà passé commande par lettre dans le courant de l’été, tout en délicatesse : “Si tu viens, des bougies et des piles ne seraient pas de trop...” Nikolaï Savouchkine, à la réception d’une lettre semblable, avait aussitôt profité d’une occasion pour envoyer, outre des bougies et des piles, du foin pour les chèvres, cinq sacs de fourrage combiné, quatre sacs de farine et de gruau. Et nous débarquons aujourd’hui avec une cargaison offerte par la *Komsomolskaya Pravda* : farine, gruau, pommes à sécher pour l’hiver, oignons, prunes, melons, pastèques. A quoi s’ajoutent une caisse de vaisselle et des médicaments apportés par Savouchkine.

Comme il commence à crachiner, nous ne savons quoi faire des sacs. Le grenier sur pilotis est plein à craquer et il y en a autant dessous – le tout recouvert d’un film plastique. L’artiste Sergueï en range moitié sous le film, moitié sous le toit en pestant contre les rongeurs.

Bref, voilà Agafia parée pour l’hiver. Si les cônes de cèdre ont mal donné cette année, elle se rattrape largement sur le potager : environ quatre cents seaux de pommes de terre, des brassées de carottes, de radis, de pois. Champignons, framboises, myrtilles... le tout salé ou séché par ses soins. Dans un pot de verre (!) j’avise de l’airelle rouge. (Ce point d’exclamation accompagnant le mot *verre* parce que je me rappelle le refus d’Agafia de recevoir du miel dans un pot de ce type.)

Le premier tour des lieux fini, nous déjeunons d’une friture apprêtée par Sergueï tout en bavardant. C'est là que nous apprenons la visite récente d'Erofeï Sedov dont j'ai déjà pu écrire qu'il avait perdu une jambe après tant d'années passées à travailler dans la région et à rendre service aux Lykov de la façon la plus désintéressée. Prothèses, béquilles, adaptation infernale à une vie nouvelle et radicalement transformée... Erofeï s'est imposé à lui-même une épreuve de patience et d'endurance qui lui ressemble, en persuadant des pilotes de Tachtagol de le déposer à l'ermitage. Et le voilà sur des béquilles devant Agafia. L'autre a levé les bras au ciel à la vue d'Erofeï porté par des "bâtons". Cris et soupirs. Puis elle s'est mise à lui conter ses propres maladies.

Au bout du compte, Erofeï a dû rester pour "garder la maison" pendant que l'hélico déposait Agafia aux Sources chaudes en vue d'une nouvelle cure.

(Odyssée réussie pour Erofeï qui nous en a rendu compte par courrier à Savouchkine comme à moi-même, après quoi le bonhomme rasséréné et ragaillardi est rentré chez lui sans encombre.)

Autre locataire, ce peintre de Kharkov débarqué au printemps à la faveur d'un hélico de passage. Il a séjourné quelque temps dans l'isba auxiliaire avant de repartir pour l'Ukraine. Puis retour en plein été, mais de quelle surprenante façon : à pied du bord du lac Teletskoïé ! Cent soixante-dix kilomètres par une sente qu'il "flairait comme une bête sauvage plus qu'il ne la voyait", à dormir sous les cèdres à la belle étoile. Des randonneurs endurcis rencontrés à mi-chemin n'ont pas voulu croire qu'il allait seul. Et quand ils ont pu s'en convaincre, ils ont tout fait pour l'en dissuader : "Demi-tour ! Tu vas y laisser les os..." Nenni, dix jours plus tard il arrivait à l'ermitage : "Salut, c'est encore moi !"

Oussik ou Petite Moustache, tel est le nom du pèlerin. Il a gagné sa vie comme graveur de stèles, de quoi se construire une maison à Kharkov et assembler les fonds nécessaires à ce lointain voyage. Ce qu'il attend de la taïga, lui-même avoue ne pas le savoir au juste. Mais sobre, pas bête, pas paresseux, il aide Agafia à pêcher et à saler le poisson, et entreprend la construction d'une étuve (chose maintes fois évoquée avant lui, mais en paroles seulement). Dans les meilleures traditions de politesse, il appelle "Agafia Karpovna" celle dont il a conquis les égards grâce à sa barbe sans laquelle tout bonhomme est pour elle un pécheur. "Je l'aiderai aux pommes de terre. Et si par miracle les tubes de peinture que j'attends de Kharkov arrivent jusqu'à moi, eh bien je passerai l'hiver ici."

Pendant l'été, Agafia m'écrivait avec une retenue forcée qu'elle avait deux visiteuses, une mère et sa fille désireuses de s'établir "à jamais". Elle les avait déjà baptisées mais le ton de sa lettre laissait entendre que l'union serait de courte durée.

Et en effet. Les quelques phrases prononcées par la néophyte à notre arrivée m'ont suffi pour comprendre qu'elles avaient attendu cet hélicoptère comme de la pluie en pleine sécheresse… Sur quoi Agafia et Sergueï nous ont conté une histoire étonnamment semblable à toutes les précédentes en ce lieu.

Dans le contexte social actuel où tout va à vau-l'eau, beaucoup sont en quête d'un refuge. Certains pensent trouver le salut auprès d'Agafia. Je ne saurais dire à combien de lettres j'ai dû répondre pour expliquer aux gens qu'ils se trompaient. Quand on vient du "siècle", on ne peut pas faire son trou à l'ermitage. Si Galina D. avait demandé conseil, je l'ignore. Mais elle avait décidé qu'Agafia la sauverait. Partie d'Astrakhan avec sa fille de treize ans, elle était venue par Biisk en convainquant des pilotes d'hélicoptère de les débarquer ici "pour toujours".

Après un délai probatoire, Agafia a baptisé la "jouvencelle" et sa mère en leur donnant de nouveaux noms : Marie et Anastasie. Vivre ensemble ici signifie mettre la vaisselle en commun, chose extraordinairement importante pour les vieux-croyants en général et pour Agafia en particulier. Plus sérieux encore est le bannissement de toute nourriture venue du "siècle". Mais allez priver une gamine de treize ans de friandises et de magnétophone ! Aux Sources chaudes, la jouvencelle a commis un péché fatidique en mangeant un bonbon qu'on lui avait offert, ce qui n'a pas manqué de déclencher l'ire d'Agafia sûre de connaître les voies du Royaume céleste. De retour à l'ermitage, la tension est montée d'un cran. Toujours docile, la mère n'a rien dit mais la petite a redoublé d'insolence : "Si quelqu'un me donne un sucre ou un bonbon, je recommencerai !" C'était une rébellion. Agafia a rendu la pareille. "Ah ! suppôts du siècle ! la vaisselle est à jeter maintenant. Moi, je déménage au poulailler !"

Aussitôt dit, aussitôt fait. Elle faisait la cuisine au poulailler et ne rentrait à sa "cellule" que pour dormir.

On imagine sans peine les offenses endurées de part et d'autre au cours d'une querelle ici fréquente, et la tension qui régnait dans un vase aussi clos qu'un vaisseau spatial. Deux mois se sont passés dans l'espoir d'un hélicoptère de passage. Au premier bruit de moteur, les novices Anastasie et Marie ont dévalé la montagne avec leurs balluchons à la main, pareilles à deux biches s'échappant par la porte enfin ouverte de leur cage.

— Elles vont sûrement revenir, lâche Agafia pour la forme, elle-même peu disposée à revoir un jour les deux apostates. Elle se demande à présent quoi faire de la vaisselle : la laisser aux gens du siècle tels que Savouchkine et moi, ou bien la jeter aux orties ?

Nous avons passé la nuit dans des sacs de couchage à même le sol de la "cellule" d'Agafia. Force est de constater qu'elle prie moins qu'avant. Elle préfère bavarder. A travers son sommeil, elle a poussé quelques gémissements.

C'est son petit rire qui nous réveille au matin. On ouvre les yeux et que voit-on ? un chat roux et ses chatons folâtrer sur nos sacs de couchage que l'honnête compagnie a mouillés sans scrupule. "Ça pisse tant qu'ça peut", dit Agafia. Mais le plus étrange est à venir : par la porte entrouverte se glisse à pas feutrés, se méfiant des nouvelles têtes, une grosse chatte grise aux airs sauvages avec un mulot entre les dents. Elle jette sa proie aux siens et s'en retourne dare-dare au fond du potager. Agafia d'expliquer : c'est le mâle et non la mère qui materne les petits à la maison. Dès que la chatte a sevré sa portée, elle a préféré chasser dans la taïga plutôt que jouer à la pouponnière. Et maintenant elle passe son temps à courir les bois.

De là, autour d'un feu, on en vient à parler de tout ce qui court et qui vole dans les parages ou dans la taïga. Quelques beaux spécimens se présentent à nos yeux dans la foulée. Du côté des fèves a piqué un oiseau qu'on prend d'abord pour une palombe. Un coucou en vérité ! Pour dissiper nos derniers doutes, Agafia imite son chant printanier caractéristique... Puis c'est un pic noir qui se pose sur le squelette d'un pin mort. Son martèlement de forge accompagne nos palabres sur les chèvres, les poules et le chien dont les babines claquent joyeusement au nom de Pestriak-la-bariole.

La Bariole (il est moucheté de noir et de blanc) a servi comme chien de chasse jusqu'au jour où il a mis son maître en danger en faisant la chiffe molle : s'étant trouvé nez à nez avec un ours, il a fait machine arrière et s'est jeté dans les pattes du chasseur au lieu de retenir la bête. Ce genre de chose ne passe pas chez les hommes des bois, et le faux samoyède a été offert à Agafia. Curieusement, il ne s'est pas lancé dans les talons de son ancien maître au moment des adieux : mieux valait un train-train pépère ici qu'une vie d'aventure en pleine taïga.

Agafia trait les chèvres devant nous en expliquant que l'une d'elles est tombée malade cet hiver. "Elle toussait, alors je l'ai soignée..." Mais pas avec les herbes qui sèchent pendues par bottes au plafond de l'isba, non, Agafia soignait sa patiente "avec de la baralgine, des anti-inflammatoires..." En échangeant des regards interloqués, les trois hommes du siècle que nous sommes l'écoutons bouche bée décliner cette étrange nomenclature d'appellations connues ou inconnues. Il y a seulement dix ans de cela, Agafia ne voulait pas en entendre parler ni de près ni de loin, expiant par la prière chaque comprimé qu'on lui faisait avaler à son corps défendant. Et ne voilà-t-il pas maintenant qu'elle a foi... dans les médicaments.

La chèvre a guéri. Mais à cause de sa maladie – ou des médicaments peut-être –, elle a mis bas un chevreau mort-né. Agafia a désormais trois chèvres, un bouc et un petit cabri blanc qu'elle pouponne, créature angélique.

Les poules, elle en avait quinze. Nous en avons apporté trois de plus. C'est avec curiosité que nous avons assisté au bref combat qui en a résulté dans l'enclos. Les trois nouvelles, bien plantées, ont raflé d'emblée les premières places dans la hiérarchie ; et se sont jetées avec les doyennes sur une mixture de graines et d'orties malaxées. La taïga rivalise en permanence avec la basse-cour. Les souris sont légion, attirées par les réserves de grain et de gruau. Les chats n'en viennent pas à bout tant les forces sont inégales en nombre. Agafia pose donc des tapettes, comme jadis au temps de son père.

Les lièvres s'introduisent en douce dans le potager et s'en prennent aux choux. Erofeï en a abattu un. "Et l'a fait rôtir. J'ai bien failli rendre en le voyant manger..." La vieille règle en vigueur chez les Lykov est de ne pas manger de "bête à pattes" (ours, lièvre, renard...), mais seulement du gibier à sabots...

Le printemps dernier, au mépris des chiens, une biche maral* et son petit faon ont mis le nez à la fenêtre de l'izbouchka. On ne saura pas ce qu'elle venait y chercher. Quant aux ours, ils viennent alléchés par les bonnes odeurs. On peut tomber dessus en allant chercher de l'eau à la rivière. Ils s'approchent parfois de la clôture et trépignent en signant leur passage par des tas

* Maral, en latin *Cervus elaphus sibiricus*, renne de Sibérie cousin de l'*iziubr*. Tant pour sa viande que pour sa peau (dont ils corroyaient le cuir), c'était la proie la plus recherchée des Lykov au temps de leur robinsonnade. Dans le "siècle", il est prisé pour ses bois de velours auxquels on attribue des vertus médicinales (pantocrine).

d'excréments. Toujours la même défense à leur encontre : chiffon rouge au bout d'un pieu, et "gong" de casserole. Dernière nouveauté, des grelots de fer apportés par mes soins voici trois ans, de ceux qu'on passe au cou des vaches et des chevaux dans nos campagnes. La sonnante astuce a marché. Agafia en a fait des guirlandes qu'elle a tendues le long du potager jusqu'à la taïga en les raccordant par une ficelle à la porte de son isba. A la moindre alerte, elle sonne le tocsin sans sortir de chez elle.

Un ours ayant fait preuve d'une dangereuse impertinence aux abords de la maison, Erofeï et Sergueï ont dû recourir à des mesures extrêmes en tendant un filet dans lequel le plantigrade s'est empêtré. Ils l'ont achevé au fusil.

Le fusil, Agafia ne le décroche jamais du clou. Nikolaï Savouchkine et moi l'avons quand même encouragée à tirer. Un temps réticente, elle a sorti la pétoire de chez elle et placé un morceau d'écorce sur la pente du jardin. Après avoir longuement et consciencieusement visé, elle n'a touché la cible que d'un seul petit plomb. Blessée dans son amour-propre, elle a rechargé l'arme mais pour le même résultat. "Bah ! il est mieux à son clou..." conclut-elle avec le sourire de l'adulte qu'on pousse à des enfantillages.

Pour finir, il est question de moineaux et de doryphores. Agafia rapporte que les moineaux ont fait irruption l'automne dernier, venus d'on ne sait où, et que les chats qui en avaient vu d'autres en ont bientôt fait leur affaire. Etaient-ce vraiment des moineaux ?! Mon doute est aussitôt dissipé par la description précise qu'elle nous fait de ces petits voleurs de tous les instants, si collants pour les hommes. Elle ajoute même : “Quand nous vivions là-haut, sur la montagne, nous en avions deux dans le grenier qui subsistaient de graines de chanvre, et tous les deux ont crevé de froid pendant l’hiver.”

Quant aux doryphores, c’est Agafia elle-même qui nous en parle avec appréhension. Elle a entendu dire que le parasite venait de faire son apparition dans l’Altaï. Ce que nous confirmons. Je me lance alors dans le sujet par le menu. Prenant conscience du danger, elle me prie d’en dessiner un. “Un châtiment de Dieu. Il faut prier pour être épargné.” Nous expliquons qu’à part la prière il y a des mesures de quarantaine à prendre. Et lui disons ce que cela signifie. “Surtout, ne pas accepter d’espèces nouvelles en cadeau. – Pour ça oui !” acquiesce la maîtresse des lieux. La journée de parlotte s’achève à la pêche au bord de la rivière. Mais ceci est une autre histoire… et qui doit faire l’objet d’un récit à part tant l’enjeu est vital pour Agafia.

Le barrage à poissons : "... prodige de génie hydrotechnique. [...] Tout au long du barrage l'eau est peignée par des panneaux d'osier tressé qui la laissent couler mais retiennent le poisson ainsi forcé de chercher une issue, laquelle se termine par une nasse où il se fait piéger."

рыба

Agafia avec une nasse de barrage. "Si l'ombre est dominant, on trouve aussi dans l'Abakan d'autres espèces telles que la lotte, le lavaret, la truite lenok et, plus en aval, le huchon taïmen. Mais depuis quatorze ans que je viens ici, je n'ai jamais vu que des ombres."

LA RIVIÈRE, BONNE NOURRICE

Par beau temps les hélicoptères volent haut dans le ciel et naviguent en se repérant aux cimes des montagnes. Quand le temps se gâte, ils plongent dans le canyon où se tortille l'Abakan, inhabité à cette latitude. Pas de risque de se perdre, mais il faut épouser tous les méandres de la rivière hormis les rares fois où l'on peut couper les angles.

De droite et de gauche, torrents et ruisselets se jettent dans l'Abakan, blancs d'écume en été, et si noirs en hiver qu'on dirait des lacets sur fond de neige.

L'Erinat est un affluent gauche du cours supérieur de l'Abakan. Il n'y a pas très loin du confluent à la première fumée bleue de l'ermitage. Là, l'hélicoptère pivote et se pose sur une grève de galets. Pour atteindre la demeure d'Agafia, il faut encore franchir à gué un bras de la rivière et gravir une dénivelée d'une vingtaine de mètres. De là-haut, on a le torrent à ses pieds. Enserré de part et d'autre par deux parois boisées, il roule vers l'Abakan des flots argentés et limpides. Seuls les visons, les loutres et les oiseaux s'aventurent dans cette gorge étroite aux eaux turbulentes.

A chaque rivière rencontrée dans ces vastes espaces, on se demande qui l'habite. De prime abord, l'Erinat paraît sans vie. Ses eaux de neige fondue sont d'une pureté de cristal : pas un vermisseau, pas une libellule, rien. Mais qu'on se tienne un temps immobile et l'on verra soudain quelque chose frétiller entre les galets. Un poisson ! Le dos gris couleur de pierre, il semble trouver son compte dans ce "distillat". Il doit pourtant avoir l'œil perçant pour ne pas laisser filer l'insecte tombé à l'eau... Il voit de loin le ver à l'hameçon et se jette dessus avec la hargne des affamés. Les géologues, autrefois basés à une quinzaine de kilomètres en aval du confluent de l'Erinat avec l'Abakan, taquinaient volontiers le poisson et repartaient chez eux en fin de service avec chacun un seau d'ombres salés. Si l'ombre est dominant, on trouve aussi dans l'Abakan d'autres espèces telles que la lotte, le lavaret, la truite lenok et, plus en aval, le huchon taïmen. Mais depuis quatorze ans que je viens ici, je n'ai jamais vu que des ombres.

Pour les Lykov, l'ombre avait la même importance que les cônes de cèdre ramassés dans la taïga et la pomme de terre cultivée au potager. Aux dires de feu Karp Ossipovitch, la maisonnée parvenait à provisionner pour l'hiver plusieurs *poud** de ce poisson à l'endroit même où Agafia réside aujourd'hui, sur l'Erinat. Lorsque, l'année de la naissance d'Agafia (1945), la famille s'est réfugiée à l'automne dans les montagnes, on s'est mis à pratiquer une pêche plus discrète

* *Poud*, ancienne mesure de poids pratiquée en Russie depuis le début du deuxième millénaire et abolie en 1920 par le décret d'officialisation du système métrique ; 1 *poud* équivaut à 16,380496 kg.

pour ne pas trahir sa présence. On pêchait à la ligne (des lignes filées de chanvre) en bricolant les hameçons avec des aiguilles ou même avec de vieilles fourchettes quand le chas des aiguilles venait à casser.

Mais on a beau faire, on n'ira jamais bien loin avec une simple canne à pêche. On est donc revenu à la pratique des barrières d'eau qui piégeaient le poisson dans des nasses. Ces constructions, toutefois, révélaient une présence humaine... aussi a-t-on fini par y renoncer en se rabattant sur les cannes à pêche. C'est par extrême nécessité que plus tard on s'est remis aux barrages.

Chez les Lykov, tout le monde pêchait. En été, les deux frères, Savin et Dmitri, vivaient au bord de l'eau. On avait même élevé pour eux une modeste cabane à l'abri des regards. Mais le maître du genre restait le père Karp Ossipovitch. Sous sa férule, la rivière était barrée pour l'automne en trois ou quatre jours. Puis autant pour le démontage.

Initiée à vingt ans, Agafia n'a pas tardé à exceller dans le métier de la pêche avec la même persévérance qu'en toute autre entreprise.

En l'absence de sel, le poisson était bouilli, frit ou séché sur le poêle pour l'hiver. La première fois que je me suis rendu chez les Lykov, j'en ai goûté qui était conservé depuis l'automne dans une boîte en écorce entreposée dans un garde-manger sur pilotis. Je n'ai pas trouvé ça fameux. Mais à cette époque Agafia et le vieux n'en faisaient pas de grosses provisions, préférant concentrer leurs efforts sur le potager et les cônes de cèdre dans la taïga.

Ici non plus, sur l'Erinat, le père et sa fille ne pêchaient guère. La technique des barrières requérait beaucoup de force et de dextérité. Or le vieux n'en pouvait plus. On pêchait juste pour améliorer l'ordinaire. Mais après qu'Agafia eut fait vœu de ne plus manger de viande par suite de son "mariage" malheureux, elle a dû reprendre le chemin de la rivière. Cette fois, son choix s'est porté sur les nasses. Erofeï l'a aidée à construire les barrages, tâche à laquelle tous les hommes de passage ont été associés.

C'est la première fois que je vois marcher ce petit prodige de génie hydrotechnique. La chose, pour autant, n'est pas nouvelle à mes yeux. Les barrages à poissons et les nasses sont une invention propre à différents peuples de différentes régions du monde. Enfant, j'ai vu des constructions semblables sur l'Ousmanka*, rivière paisible et étroite où la barrière ne dépassait pas dix mètres... contre cent ici sur l'Erinat où le dispositif doit résister à un flot impétueux. La haie de pieux est étayée par un "bourrin" à trois pattes qui ressemble bel et bien à un cheval pris dans les flots. Tout au long du barrage l'eau est peignée par des panneaux d'osier tressé qui la laissent couler mais retiennent le poisson ainsi

* L'Ousmanka se jette dans la rivière Voronej, affluent gauche du Don. Dans les années 1970, l'auteur y fit une série de reportages en la suivant à pied de la source à l'embouchure (151 km) avec pour but de dénoncer sa mutilation écologique, par suite de quoi une réserve naturelle de castors y fut créée. En 2003, il revint sur le sujet avec un article intitulé "La rivière de mon enfance" (dans *Komsomolskaya Pravda*, 31 juillet). "Je reçus alors plusieurs milliers de lettres criant de douleur [qui me firent comprendre] que chacun portait sa propre rivière comme une blessure, petite comme l'Ousmanka ou grande comme la Volga."

forcé de chercher une issue, laquelle se termine par une nasse où il se fait piéger.

Tout se passe bien tant que l'eau est basse : ne reste qu'à remplir son seau de poisson au petit matin. Mais à la première pluie, l'eau déborde et le poisson avec… En automne, ce sont les feuilles mortes qui accompagnent le poisson en bouchant les nasses qu'il faut alors nettoyer d'une manière quasi continue. Agafia nous montre comment s'y prendre. Armée d'une pelle, d'une hache et d'un seau, elle trotte comme un écureuil sur le bord supérieur de la barrière. A l'aide d'une espèce de binette à trois griffes, elle se penche pour débarrasser la barrière des feuilles et des branches. Parfois, elle met quelque chose dans son sac. Quand je demande à voir, j'y découvre des cônes de cèdre, fruits de la taïga portés par le courant et repêchés par elle.

Elle passe ainsi deux heures à nettoyer l'ouvrage qui ressemble vaguement à un barrage de castor dans une rivière de plaine. Elle-même fait penser à un castor besogneux. Elle sort un piège, le vide de sa prise, raccommode quelques-unes de ses tiges d'osier puis le remet en place à petits gestes habiles. Cognant lestement de la hache, elle renfonce encore un ou deux pieux autour de la nasse et vérifie d'un œil expert que la jointure est bien serrée entre la haie et le panier. Puis elle prend des pierres pour lester le piège. Après quoi seulement elle se redresse et regarde autour d'elle.

Le poisson commence à peine sa migration dont le point culminant coïncide avec la chute des feuilles. Quand ce moment viendra, il faudra nettoyer plus souvent. “Une fois, j'y ai passé la nuit. J'ai fait des feux de poix et j'ai mis les torches en lumière. Je n'avais pas encore nettoyé le barrage dans un sens qu'il fallait déjà le ratisser dans l'autre. J'ai trimé jusqu'à l'aube. J'ai fini par m'endormir sur un tas de bois mort, au bord de l'eau, emportée par la fatigue."

Qu'on imagine seulement la scène qui se joue dans ce récit sans fard. Pas une âme qui vive alentour et la nuit qui s'installe. A gauche, à droite, partout noircissent les montagnes. Dans le ciel, les nuages le disputent aux étoiles. Le torrent gronde, contré par un barrage de fortune. Des feux de poix pétillent sur la rive. Et elle, comme une bête de nuit, qui s'escrime avec son râteau, sa hache, sa pelle, tantôt perchée sur un pieu, tantôt les pieds dans l'eau à piéger le poisson. Seule dans le silence sauvage du monde. Qu'elle pousse un cri, et rien en retour que l'écho du relief. Ou une pierre qui roule sous la patte d'une bête effarouchée.

— Agafia, n'avais-tu pas peur de passer la nuit-là ?

— De quoi veux-tu que j'aie peur ?

Elle sourit, ne sachant pas comment me faire comprendre que non, elle n'a pas eu peur.

Au barrage à poissons, elle a des concurrents. Dame loutre passe la barrière sans s'arrêter, sauf parfois pour scruter les alentours et appeler ses petits du haut d'un pieu. Le corbeau vient s'y poser en père la prudence, à l'occasion, des fois que la rivière lui aurait apporté quelque chose. Mais l'ennemi d'Agafia, c'est le vison sur qui le piège produit l'effet d'un sac de grain sur une souris. "Au lieu de se servir et bonsoir, il esquinte tout le poisson." Pourtant Agafia n'a pas la force de lui déclarer la guerre. Sa seule défense est de descendre au barrage le plus souvent possible, pour faire peur au vandale.

Le grand copain d'Agafia, été comme hiver, c'est le cincle plongeur. D'humeur joyeuse et enjouée, il donne toujours l'impression de danser. Les poissons ne l'intéressent pas, seulement les bestioles nichées dans les pierres. "Il est drôle quand il écume le fond avec sa traînée de bulles."

Dans la dernière dizaine d'octobre, l'Erinat gèle. Il faut démonter le barrage et les nasses avant l'embâcle, un travail qu'Agafia accomplit chaque année.

La modeste pêche de la soirée (une trentaine d'ombres) finit en friture dans la poêle pour les visiteurs d'Agafia. Nous faisons l'éloge du poisson, nous faisons l'éloge du travail d'Agafia sur l'Erinat, et dépassons allègrement minuit devant la friture sans nous douter des événements du lendemain.

Septembre 1996

LE DEUXIÈME ÉTAGE DE LA FUSÉE

Un hélico. Mais pas à l'heure dite, et pas celui qu'on attendait...

Tout un commando, des civils et des militaires. Quatre repartent, quatre restent. Cinq minutes plus tard, l'engin disparaît derrière la montagne en faisant place au silence. C'est le moment de faire connaissance. Les visiteurs sont de Moscou, les uns des Forces spatiales, les autres de l'Université, avec à leur tête le colonel Vitali Sambros que j'aurais pu rencontrer au temps de Gagarine sur le cosmodrome de Baïkonour : jeune lieutenant, il s'occupait alors d'approvisionner les fusées en combustible.

— Et qu'est-ce qui vous amène ici ?

— Le boulot, le boulot... répond-il en souriant.

Nous gravissons le sentier qui conduit au "domaine". Là, il s'avère qu'Agafia et le colonel se connaissent déjà. Et qu'elle se souvient très bien de lui.

Un drôle de tableau tout de même : les eaux sauvages et rétives de l'Erinat brillent au soleil, Agafia trait sa chèvre à la lisière du potager, le chien Bariole est figé en statue, le museau en point d'interrogation... pendant que nous autres sommes accoudés à une table fichée en terre, les yeux sur une carte tenue aux quatre coins par des cailloux, et que nous parlons fusées. De Plesetsk et Baïkonour, elles volent suivant des trajectoires précises. J'en ai compté quinze sur la carte, autant de lignes bien tracées du point de tir jusqu'à l'extérieur de la carte. L'une d'elles frôle le lac Teletskoïé et survole justement le coin où nous sommes avec ses izbouchkas, ses chèvres, son potager. Ce couloir le plus au sud est celui de la fusée *Proton* qui met en orbite des satellites de télécommunication et des vaisseaux cargos, bref, des "poids-lourds". Un lanceur énorme. (A Moscou, au siège des Forces spatiales, on m'a fait visionner un lancement. Une mer de feu tonitruante. Après quelques secondes de vol, *Proton* paraît s'incliner dans le ciel. "La voilà qui oblique du côté de chez Agafia", m'a dit un général.)

Délestée de son premier étage dans la zone du lancement, la fusée arrive ici en sept minutes. C'est la phase de combustion du deuxième étage qui se détache quelque part au-dessus du Haut-Altaï ou de la source de l'Abakan, avant de retomber à terre.

Sur la carte, la zone est figurée par de fines ellipses autour de la trajectoire. Soixante kilomètres de largeur, cent dix de longueur. Le deuxième étage de la fusée est détruit avec ses restes de combustible dans les couches denses de l'atmosphère. Les ellipses délimitent le territoire susceptible d'en recevoir les débris, voire les résidus de propergol.

C'est en écoutant les balisticiens, à Moscou, que j'ai fait le rapprochement avec les récits de Karp Ossipovitch et d'Agafia qui disaient avoir vu tomber sur la taïga des "cataractes de feu, de fumée, de tonnerre" et des éclats de "fer blanc". Ils avaient bien compris que Dieu n'était pour rien dans ce phénomène certes peu fréquent, mais pas rare non plus. (Le général, à Moscou : "Depuis les années soixante-dix, c'est une bonne centaine de fusées qui ont pris ce couloir.")

Pourquoi le Haut-Altaï et cette région de la Khakassie ? Le choix du périmètre d'expulsion du deuxième étage peut varier, mais il se porte toujours sur le territoire le moins habité qui soit. C'est d'ailleurs pour cette même raison que la famille Lykov avait jeté son dévolu sur ces lieux dans le dessein de s'y poser, elle et sa foi ancestrale. Et voilà maintenant croisées, d'une mystique façon, la trajectoire des fusées lourdes et la destinée de nos vieux ermites.

Tout ce qu'a vu Agafia, les militaires veulent le savoir. Ils placent un caméscope sur une souche à quelques pas de la table, et me prient d'interroger Agafia selon un strict protocole de questions. Elle se confie volontiers, et par le menu : comment on avait vu tomber "feu et fumée" pour la première fois, comment on s'était mis à l'abri du "fer blanc"... "Il y en a encore un morceau dans le potager. Et sur l'autre rive, dans une cédraie, on a retrouvé un tuyau tordu (dont elle montre le diamètre avec ses mains). Quand tout ça tombe, ça claque tellement qu'on croirait des bûches géantes qui volent vers la taïga."

Laissant Agafia de côté, je passe aux militaires – à leur tour maintenant de se plier à mes questions. Dans les parages, me disent-ils, les impacts de Duralumin ont plus de chance de toucher un renne ou un ours qu'Agafia ou un chasseur. Et dans l'Altaï, qui est un massif habité ? "Ce n'est pas encore arrivé, en l'absence de localité dans la zone concernée. Mais des bergers, des randonneurs, des trappeurs peuvent être touchés. Nous informons les autorités locales de chaque lancement à la seconde près, à elles de faire le travail de prévention. Les dernières fois*, nous avons même fait le voyage exprès pour avertir Agafia."

Mais toutes les pièces du deuxième étage ne volent pas en miettes. Les énormes réservoirs d'oxydant retombent intacts. On m'a montré des images de ces "cadeaux du ciel" retrouvés ici ou là en Khakassie et dans l'Altaï. Les trois isbas d'Agafia, étables et poulaillers compris, pourraient loger ensemble dans un seul de ces "bidons" au diamètre de plus de quatre mètres...

Autre chapitre au questionnaire, les maladies. Celles d'Agafia, mais aussi de ses poules, chèvres et cultures potagères. Agafia, nous l'avons dit, s'est toujours plainte de sa santé, mais sans faire de rapprochement particulier avec les corps tombés du ciel. Lumbagos et refroidissements font partie de son lot quotidien. Sa chèvre, c'est vrai, a souffert au printemps d'une maladie bizarre. L'Ukrainien Sergueï aussi a dû s'aliter subitement "avec trente-neuf de fièvre dans un état de faiblesse incroyable. Mais c'est passé en quelques jours." Comparons les dates. Les faits remontent au mois de mai, justement après un tir de *Proton*. Sergueï, avisé du problème, penche plutôt pour une forme légère d'encéphalite. "Tous les jours, je me coltinais des tiques par dizaines..."

La conversation a duré plus d'une heure. Le ciel, semé d'étoiles, annonce du gel pour la nuit. Agafia va couvrir ses tomates sous un plastique, et ses citrouilles sous une couverture. Nous passons

* Rien qu'en 1996, huit lancements de *Proton* ont été répertoriés.

dans l'"isba annexe" de Sergueï et reprenons la causerie à la lueur d'une bougie.

Là, il s'avère que le colonel Sambros et ses compères – biologistes, chimistes, médecins – s'intéressent beaucoup moins aux débris de fusées qu'à la dispersion du combustible dans la zone de chute du deuxième étage.

Je me souviens d'avoir entendu parler d'un combustible appelé heptyle lors de mes reportages au cosmodrome. Le lieutenant Sambros en remplissait les réservoirs des lanceurs sur le pas de tir, "un liquide spécial qui pue la viande pourrie." "Nous savions que l'heptyle était une substance toxique. Très toxique. Le cycle de l'approvisionnement se faisait en vase clos. Mais nous avions toujours les narines grandes ouvertes pour détecter les fuites. Les consignes de sécurité étaient respectées. Nous avions prévu toutes les «sûretés anti-cons» possibles et imaginables. Je n'ai pas souvenir d'avoir vu quelqu'un s'en plaindre. Moi qui vous parle, je suis bien portant, j'ai des enfants et je croque la vie à pleines dents. Et maintenant le sort a voulu que je recherche des traces d'heptyle en ces lieux bénis des dieux..."

Des traces ? Mais quelles sortes de traces ? Le problème est que le combustible ne brûle jamais complètement et qu'il revient sur terre avec son "fer blanc". Le premier étage s'écrase non loin du pas de tir, ce qui limite l'étendue de la contamination. Le deuxième, lui, est expulsé à cent quarante-huit kilomètres d'altitude. Les restes d'heptyle se consument avec l'ensemble de la structure au contact des couches denses de l'atmosphère, mais une partie se dissémine à très haute altitude et retombe à terre. En théorie, cette substance synthétique à base d'azote ne devrait pas toucher le sol, comme il en va du combustible des autres lanceurs. Et pourtant... des études de terrain réalisées par des experts de différents laboratoires dans les zones d'impact ont révélé des traces d'heptyle dans le sol, la neige, les végétaux. Pour l'heure, on ne sait pas grand-chose de l'effet de ces matières toxiques sur les organismes vivants. Mais on en parle. Comme toujours en pareil cas, rumeurs et conjectures vont grand train. Raison de plus pour prendre la question au sérieux. Les chasseurs s'en plaignent : "Il y a moins de gibier dans le pays, l'Abakan n'est plus le torrent poissonneux qu'il était." D'étranges maladies se sont déclarées dans le massif de l'Altaï : la naissance de "bébés jaunes" à grande échelle, sans parler d'autres pathologies à ce jour inexpliquées. Le Haut-Altaï, perle de la Sibérie sauvage, se dresse dans un encerclement de centres industriels fortement polluants. Or le couloir des *Proton* survole l'Altaï. Dans le cocktail chimique incriminé, les suspicions se portent essentiellement sur les substances azotiques, heptyle en tête. Quelles en sont les quantités réelles, les conséquences biologiques et comment les éliminer, comment préserver la nature de la contamination, il est à craindre que les experts à eux seuls ne viendront pas à bout d'un tel problème : question de forces... et de moyens. A l'Etat de développer un programme d'investigations multiples.

Question légitime : par quelle perversion une substance hautement toxique a-t-elle pu entrer dans la constitution d'un combustible de fusée ? La réponse est simple. Toutes les fusées à vocation civile sont des clones des missiles militaires pour lesquels l'heptyle présente les meilleures performances. Ces missiles n'ont pas été tirés : qu'on s'en réjouisse ! L'eussent-ils été que dans la fournaise universelle les traces d'heptyle auraient constitué le cadet de nos soucis… En attendant, les fusées reconverties à des fins civiles décollent assez souvent, et le poison est bien là. Quand on sait qu'il ne se dégrade pas dans la nature, qu'il peut s'accumuler dans les organismes vivants et qu'il contamine la chaîne alimentaire d'un bout à l'autre, on comprend tout l'enjeu d'un examen serré du phénomène.

A chaque lancement (le programme *Ekos* est en vigueur depuis 1988), ce groupe d'experts se rend sur les lieux de l'impact prévu du deuxième étage pour procéder à des prélèvements de sol, d'eau et de végétaux. Avant et après le tir. La prochaine *Proton* doit s'envoler dans la nuit avec à son bord le satellite américain INMARSAT. Deux groupes feront les observations et les prélèvements sur deux sites différents. Agafia elle-même, son milieu de vie, ses animaux, tout cela présente un intérêt particulier pour les chercheurs. Il n'y a rien ici – alcool ou effluents industriels – qui soit de nature à fausser le tableau…

Une heure du matin dans la nuit du 6 au 7 septembre. Un ciel clair et pur, comme sur commande. Les étoiles se reflètent dans la moirure tranquille d'un bras échancré de l'Erinat. Le règlement exige que nous restions tous à l'isba, mais allez résister à pareille tentation. Comme pour un rendez-vous clandestin, en file indienne, nous suivons la pente en direction de la rivière, une torche à la main. Après un moment d'hésitation (j'y vais ou j'y vais pas ?), Agafia aussi a cédé à la curiosité, et nous a emboîté le pas.

Le sel blanc du gel parsème l'herbe et les pierres. Temps froid et calme. Nous consultons nos montres. A Baïkonour, ils presseront le bouton à 1 h 37. Plus sept minutes d'approche.

— La cime, voyez. Ça va venir de là-bas, fait Agafia en experte.

A tout hasard, elle se poste derrière des bottes de paille livrées là pour les chèvres.

"Le top est donné !" Ne reste qu'à attendre...

Une sensation d'irréel. A ma gauche, un colonel, qui braque une lampe torche sur sa montre. A ses côtés, un major armé d'un caméscope. A ma gauche, Agafia, qui se fait toute petite, blottie contre Savouchkine, et qui se signe en silence.

Pour ceux de Baïkonour, à l'heure qu'il est, la flamme de la fusée n'est plus qu'un point évanoui vers l'est. Mais sept minutes, c'est long. L'Erinat fait rouler les pierres. De part et d'autre se dresse la masse noire du relief. Du fond de la gorge, nous voyons un ciel constellé de feux. Làhaut, chez Agafia, le coq a chanté, et le chien a jappé, sorti de sa torpeur par ce réveil sur pattes. "Elle est en train de passer Semipalatinsk..." fait soudain le colonel.

Enfin paraît, à l'endroit indiqué par Agafia, une forme auréolée d'une lueur pâle et fantomatique qui s'efface bientôt à l'est. "Le troisième étage. Altitude cent quarante-huit kilomètres..." C'est le colonel qui informe le major, celui-ci devant filmer la chute du deuxième étage expulsé aux approches de la "zone Agafia" et précipité dans les couches denses de l'atmosphère. D'une seconde à l'autre, nous devons le voir surgir de derrière la montagne à une trentaine de kilomètres.

C'est lui ! Une boule blanche aveuglante flanquée d'un côté comme de l'autre d'une paire de ballons lumineux plus petits de taille. Et derrière, comme la queue d'un dragon, une longue traînée de flamme rouge. Le tout filant très vite, on dirait que ça va frôler nos têtes. Ah ! non, il s'en est fallu d'un poil... Une seconde d'illumination, puis c'est l'explosion ! Muette, parce que le son, de tout là-haut, mettra une bonne minute à nous parvenir. Mais un éclair parfaitement visible. Dans son sillage s'étire une myriade de petits feux pâles et scintillants, pareils aux paillettes d'un feu d'artifice quand s'éteint le bouquet. Puis retentit le tonnerre dans un ciel sans nuage. Et son roulement, qui baisse et faiblit.

Je regarde Agafia. Elle est calme.

— C'est toujours comme ça ?

— La nuit, oui-da ! Mais le jour c'est fumée d'abord et tonnerre à la suite.

— Fin du spectacle ! dit le major qui a filmé les feux, mais ne jurerait pas du résultat.

Agafia rentre la première. La lumière s'allume à la fenêtre de son izbouchka. Nous traînons encore quelques minutes au bord de l'Erinat, puis remontons à notre tour et, au deuxième chant du coq, prenons nos dispositions pour finir la nuit...

Dans la journée du lendemain, le géochimiste Youri Proskouriakov, de l'université de Moscou, procède à de nouveaux prélèvements dans le potager et demande à traire un peu de lait frais à la chèvre, pour analyse. Agafia et moi allons à la tombe de Karp Ossipovitch. Une fois encore nous faisons le tour des lieux... Puis vient l'hélicoptère.

Les pilotes sont nerveux : "Le temps se gâte. Redécollage immédiat !" Agafia est coutumière de ces visites qui commencent et s'achèvent inopinément au gré capricieux des hélicoptères.

Le bâton à la main, elle dévale la pente avec tout le monde. Sous le hurlement des hélices, elle glisse quelque chose à l'oreille de Nikolaï Savouchkine. "Vite, vite, on y va !" fait le mécano en fermant la portière. Par le hublot nous voyons Agafia et Sergueï-l'artiste lester de pierres un plastique transparent sur un monticule de sacs pour le protéger du vent.

C'est drôle la vie... Pouvait-on seulement imaginer que la mise en orbite d'un satellite – américain par-dessus le marché – allait toucher une femme vivant seule au fin fond de la taïga et s'éclairant à la bougie ? Et pourtant c'est vrai, tout est lié en ce monde par un seul et même fil. Une caisse voyage vers Moscou avec des échantillons provenant de l'Altaï et du territoire 326 (la "zone Agafia"). Tout sera passé au tamis, à la vapeur, à la lumière, à la calculatrice. Jusqu'à l'obtention d'une Vérité. "Les Américains n'ont pas tant de mouron à se faire, dit le colonel. Chez eux, tout retombe à la mer."

Nikolaï Savouchkine, lui, rapporte la tronçonneuse d'Agafia pour réparation. Il noircit de notes une page de son carnet : la liste des courses. Bottes, bougies, médicaments... Je me dois de conclure ici par un mot à l'intention de mon bon camarade. En 1982, les patrons de l'Abakan me l'avaient présenté en ces termes : "Tenez, vous voilà un aide. Un homme des bois. Un vrai. Vous saurez l'apprécier..." Le moins qu'on puisse dire est qu'il n'a pas pris la mission d'"aider les Lykov" pour une banale note de service tombée sous le nez d'un bureaucrate. Je ne dirai jamais assez le bien qu'il a fait aux robinsons de la taïga, et surtout à l'orpheline qu'est devenue Agafia.

A son retour de l'ermitage, il a trouvé cette fois un télégramme de Moscou : pour services rendus à la sauvegarde du patrimoine forestier... république de Khakassie... N. N. Savouchkine... décoré... ordre du... Si cela ne tenait qu'à moi, j'y mettrais aussi et surtout l'ordre de la générosité, du grand cœur, de la sagesse, de la sensibilité, de la parole tenue.

Coup de fil de Nikolaï avant-hier : "Tronçonneuse OK, bottes achetées, pharmacie fin prête, le tout part à la prochaine occase."

Et voici la nouvelle la plus fraîche, qui remonte à hier (coup de téléphone des géochimistes de Moscou) : "Pas de traces d'heptyle dans le lait de chèvre d'Agafia, ni dans le sol de son potager..."

Septembre 1996

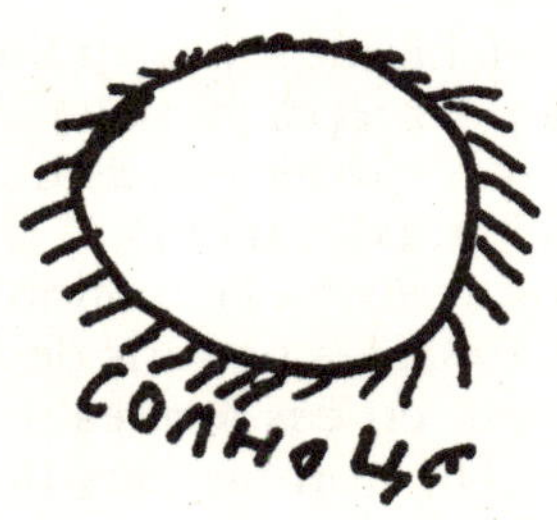

Un chasseur devant un réservoir éjecté avec le deuxième étage de la fusée *Proton*, non loin de chez Agafia. "Mais toutes les pièces du deuxième étage ne volent pas en miettes. Les énormes réservoirs d'oxydant retombent intacts. On m'a montré des images de ces «cadeaux du ciel» retrouvés ici ou là en Khakassie et dans l'Altaï. Les trois isbas d'Agafia, étables et poulaillers compris, pourraient loger ensemble dans un seul de ces «bidons» au diamètre de plus de quatre mètres..."

SEULE FACE A LA TAÏGA

Cette fois, je me suis rendu chez Agafia à partir de Gorno-Altaïsk via le lac Teletskoïé. L'hélicoptère est resté cloué au sol pendant trois jours pour cause d'intempérie. La chaleur, après avoir sévi tout l'été, a soudain fait place au froid, brutalement, et la montagne est devenue impénétrable – brouillards, nimbus et pluies. Dans un village, des vaches et de nombreux oiseaux ont crevé sous la grêle. Le domaine d'Agafia, d'après la carte, siégeait au centre de la dépression.

Au matin du 13 août, toutefois, un pilote chevronné a su profiter d'une éclaircie au-dessus du col et s'est littéralement coulé au fond de la vallée jusqu'au point de destination. "Vite, plus vite !" Les balluchons ont volé à terre et moi avec (presque). L'instant d'après la machine disparaissait à fond les gaz, me laissant planté au beau milieu de ce monde humide.

Les montagnes sont déjà coiffées de neige, à mes pieds s'échevellent des étoupes de nuages. L'Erinat, d'habitude plus calme, bondit en hurlant sur les pierres.

D'un trot guilleret, le bâton à la main, Agafia passe un gué de billons : des pieux plantés par deux au-dessus des flots. "Pour une surprise, c'est une surprise. Avec ce temps, je n'attendais personne…"

C'est du temps que nous parlons en transbahutant mes ballots d'une rive à l'autre. Dès l'hiver, il a "fait des siennes". En mars, tout a fondu ; en avril, place à la verdure (qui d'habitude ne vient qu'en mai) ; et en mai le tour est venu d'une chaleur tropicale de 35 °C (!) qui a tenu jusqu'à ces derniers jours.

— Je me suis baignée dans la rivière pour la première fois de ma vie…

— Mais l'eau est glaciale !

— Hors la rivière, point n'était de salut.

Elle porte aujourd'hui comme à son habitude deux foulards qui la réchauffent, des bottes de caoutchouc et une souquenille taillée dans une couverture.

De sa masure s'élèvent en colonne, par la cheminée, des spires de fumée. Le poêle de fer chauffe au rouge comme en hiver. Nous en approchons nos mains transies. La conversation commence gauchement : le temps qu'il fait, les dernières nouvelles, les événements de l'année.

De son récit, je retiens surtout la cure qu'elle est allée faire aux Sources chaudes au début de l'hiver où il n'y avait déjà plus personne. Un pilote de passage a eu la charité de l'y déposer, la laissant seule avec ses balluchons – de la vaisselle, des pommes de terre, du gruau, du pain séché, une icône portative et son matériel de "voyage" pour faire le feu.

Même sous le soleil bien chaud d'une plage de Crimée, un être seul ne serait pas à son aise ; or, là, pas une âme qui vive à cent kilomètres à la ronde, et des neiges si profondes qu'Agafia rendait grâce à Dieu d'avoir eu la bonne idée d'emporter une paire de skis.

Tout ce qu'il y a de bois mort aux alentours est abattu par les curistes en été (des chasseurs et des mineurs, principalement). Il a donc fallu qu'elle aille à skis chercher le nécessaire. Débité et fendu sur place, le bois était ensuite traîné à la cabane sur la peau de chèvre qui lui servait de couche.

Une semaine pour stocker le bois. Plus trois jours pour réparer le plafond de la masure. Puis le temps de creuser dans la neige une tranchée de la taille d'un homme, qui relie l'izbouchka à la source. Et après seulement d'entamer sa cure.

"Je n'avais pas pris de lampe torche, par bêtise. Et trop peu de bougies. J'ai donc passé les trois quarts de mon temps dans la pénombre. J'ouvrais la porte du poêle, et voilà toute la lumière. Juste assez pour manger et lire le psautier."

La taïga est déserte en hiver. Seules les souris, attirées par le pain sec et les graines, ont taillé leur chemin jusqu'à la cabane. Et le casse-noix moucheté, de bon matin, saluait de son cri le passage étrange en ces lieux d'un être humain à skis.

Elle aura séjourné deux mois aux Sources, presque jusqu'au nouvel an. A la fin, après chaque tempête, elle déneigeait un carré susceptible de recevoir un hélicoptère. Jusqu'au jour où, le hasard aidant, un engin s'est enfin posé. Alors la "curiste" aux anges a bouclé joyeusement son balluchon.

— Tu n'avais plus qu'une journée de vivres en réserve, à ce qu'on dit…

— La rumeur est une rivière que l'on n'arrête pas. J'aurais pu tenir encore un mois. Mais j'avais hâte de rentrer. On est toujours mieux chez soi, non ?

Tout le temps qu'a duré la cure d'Agafia, c'est le peintre de Kharkov Sergueï qui a tenu la maison, s'étant décidé à y passer l'hiver. Il est resté jusqu'à l'été. “La canicule l'a fait fuir, dit Agafia en riant. Il m'a bien promis de revenir, mais rien pour le moment.”

Les sources la soignent “des rhumatismes, de la chondrose et du lumbago”. Cela étant, les médecins déconseillent les bains chauds pour le mal dont elle souffre au ventre. “Vois comme ça grossit, dit-elle en dégrafant sa souquenille, la main posée sur une grosseur bien visible ; ça n'arrête pas de grossir…” Et de lancer aussitôt la conversation sur autre chose, consciente de ne pouvoir s'en remettre qu'à Dieu dans la situation où elle se trouve.

Dès qu'une tête nouvelle se montre ici, c'est l'émoi dans la communauté animale. Le chien P'tit-Tube se sent en droit de recevoir sa part du saucisson qu'il a flairé dans mon sac à dos, mais semble rechigner à mendier : tantôt il me fixe des yeux, tantôt il fait le beau devant Agafia. Sa mission est ici de prévenir l'intrusion des ours. Là-dessus, le toutou connaît bien son affaire. Un jour qu'on plantait les pommes de terre, au printemps, P'tit-Tube s'est mis à aboyer si fort pendant le déjeuner qu'Agafia et Sergueï ont brandi les fusils. Mais l'ours s'est contenté d'aplatir un seau d'un coup de patte et de mâcher de la pomme de terre. Puis il s'est retiré dans la taïga après avoir “chié copieusement”.

Les ours sont attirés ici par une odeur de ferme. Les chèvres promènent leur barbichette autour d'un pieu, à la lisière du jardin, avec un air d'apôtre impassible. Il y en a trois : un bouc et deux *imanoukha**. Trois litres de lait par jour apportent ici un bel appoint de nourriture, mais c'est aussi beaucoup de travail : faire le foin pour l'hiver, les traire, les abreuver, les conduire d'une pâture à l'autre. Agafia hésite : les supprimer ? mais alors de quoi se nourrir ? n'en garder qu'une seule sans le bouc ? et le lait ? Elle est encline à ne garder qu'une seule *imanoukha* avec le bouc.

Elle parle de l'amour des chèvres pour les câlins. “Je commence à la traire et bientôt la coquine se rebiffe, et vas-y que je te plante le front dans les côtes pour avoir une caresse entre les oreilles. La caresse reçue, la traite peut reprendre…”

Le paria de la bande, c'est le grand bouc blanc à son pieu près de la cage. Ce n'est pas souvent qu'il goûte à l'herbe fraîche. Agafia, qui le connaît par cœur, lui voue un mépris mal caché. Et l'autre le lui rend bien, apparemment. Il travaille de la corne devant tous ceux qui l'approchent.

Farouches créatures que les poules dans ce coin paumé de taïga. Sur la vingtaine qu'il y a eu dans les plus beaux jours, il n'en reste que six avec à leur tête le brave coq noir Petro dont le chant annonce l'aube une bonne heure avant le réveil d'Agafia

Avec les poules, peu de soucis. Elles ont un toit calfeutré, une cour de terre battue souillée de fiente, et de la nourriture en veux-tu en voilà – graines et pommes de terre. Et pourtant elles ne paient guère de mine avec leur air “damné”, selon le mot d'Agafia. Dès que l'une d'elles a pondu, les autres lui bouffent son œuf. “Et des

* Ce mot de souche mongole était celui employé par les Lykov pour désigner la chèvre.

os qui s'effritent. Le coq en a piétiné une et vlan ! une aile de cassée." Me voilà donc expliquant à l'éleveuse le pourquoi de la malédiction. Elle comprend aussitôt de quoi il retourne : une carence de nutrition. "Oui-da ! Quand je vide du poisson, elles se jettent sur les boyaux et se les disputent comme des sauvages. Elles adorent aussi le lait." A y regarder de plus près, le problème n'est pas mince. Il n'y a pas de viande à l'ermitage. Enfermées dans un enclos, les poules n'ont pas la possibilité de glaner des vers et vermisseaux en pleine taïga. Le poisson serait une solution, mais Agafia n'en pêchera jamais assez avec sa canne à pêche. Son barrage est démonté, qu'elle ne pourra certainement pas remonter toute seule. "Si seulement j'avais un filet..." Je lui promets d'en dégoter un quelque part et de le lui faire parvenir.

Les chats furent les premiers compagnons des Lykov. Apportés par les géologues, ils n'ont pas tardé à mettre de l'ordre au potager en faisant la chasse aux tamias qui dévastaient les semences de seigle, de pois et de chanvre. Depuis ce temps, l'ermitage a vu défiler beaucoup de chats. L'hiver dernier, pendant qu'Agafia se soignait aux Sources, son bon gros matou est mort. Lui qui aimait tant les raids dans la taïga savait défendre le pois non seulement contre les tamias, mais aussi les lièvres, chassant les adultes et attrapant les petits comme des souris. Or, cet hiver, par suite peut-être d'une imprudence de Sergueï, il a succombé au gel. (Il est possible aussi que la vieillesse y soit pour quelque chose.) Un autre chat pareillement trempé était tombé dans un piège à mâchoire tendu pour un vison qui faisait des carnages dans les nasses à poissons. Auxquels poissons le chat aussi s'intéressait de près. Il a péri noyé, après quoi Agafia s'est retrouvée seule avec son petit chasseur noir de souris qui ne faisait pas le poids devant les lièvres et les tamias. "J'ai dû remiser le manger d'avance, ils auraient tout bouffé."

La taïga et le potager… Quelles autres nouvelles de ce front-là ? Un épouvantail a été mis en place pour "faire la guerre à la volaille" très friande de graines de chanvre. Il a fallu aussi s'en prendre aux geais de Sibérie habiles à cueillir les jeunes pousses sur les plates-bandes. Et Sergueï, fusil en main, a raté un chevrotain entré dans la cour par curiosité.

Nous dînons. Il est une loi non écrite qui fait dîner Agafia à minuit cependant qu'elle prend son premier repas à quatre heures de l'après-midi. Pourquoi passe-t-elle la journée entière sans manger, elle ne saurait le dire. Trop d'occupations, se justifie-t-elle.

Ses occupations sont les suivantes. La prière au lit, pour commencer, en position assise, puis le soin des chèvres, le potager, la rivière où elle descend puiser de l'eau, le stockage du bois, les branches pour les chèvres, le travail de l'écorce de bouleau pour la fabrication des récipients, les champignons et les baies, la cuisson du pain. Le tout ponctué de prières. L'appétit ne lui vient qu'en fin de journée. Puis c'est le dernier repas d'avant la nuit.

Chacun son coin pour dîner, cela va de soi. J'ai moi un petit banc près de la porte, nappé d'un lambeau de toile imprimée, et un "tabouret", simple bille de sapin clouée d'une planche qui fait siège. Vaisselle à part, s'entend. Théière, timbale, cuillère, tout cela apporté de l'isba de

Sergueï. Avec un air de pitié pour ne pas dire de compassion, Agafia me regarde manger une conserve coupable de tous les péchés, et verser dans ma timbale un filet de sucre non moins blâmable. De son côté, Agafia mange (à la timbale, étrangement) une kacha accommodée de carottes en l'accompagnant d'un citron, cadeau de moi qu'elle croque comme une pomme.

Des étagères courent le long des murs avec toute une batterie de cuisine, seaux, casseroles, cocottes, timbales, poêles, terrines à volaille. Autant de choses qui lui sont défendues, ce qu'elle explique par un mot bien à elle : elles sont "ensiéclées", c'est-à-dire "souillées par le siècle impur". Comment cela ? Il y a deux ans, une mère et sa fille ont tenté de se faire un nid ici. Agafia les a baptisées selon les canons de la vieille-foi, une conversion qui passe par l'étape cruciale du partage de la vaisselle. Mais la gamine a cédé à la tentation d'une confiserie, et peut-être même d'une conserve, provoquant une réaction courroucée de la marraine. La mère et la fille se sont envolées à la première occasion. Reste de leur séjour, en souvenir de leur sacrilège, un nombre incalculable d'ustensiles rendus par là-même impropres au service.

Je la raisonne comme je peux : "Va porter le tout à la rivière, lave, purifie, prie..." Mais non, remettre ainsi la vaisselle en service est "blâmable". Et Agafia me passe commande de trois ou quatre casseroles, à l'occasion. La baraque croule déjà sous tout un bric-à-brac qui lui vient du "siècle". J'y suis moi-même pour quelque chose, et j'en rajoute cette fois encore avec un plaid envoyé par une âme compatissante, lectrice de notre journal en Suède. Difficile de lui expliquer d'où cela vient. Nous passons aussitôt à l'essayage et la conversation tourne sur l'usage qu'elle peut en faire – un châle ? une couverture ?

Couteaux, marteaux, ciseaux, scies... ce n'est pas la quincaillerie qui manque, avec aussi d'étranges cadeaux tels qu'une boussole. Comme une maîtresse d'école, elle me fait la démonstration des pouvoirs de l'aiguille magique : "On a beau la faire tourner, elle se pose toujours vers le nord." Du baromètre, pendu près de la fenêtre, elle dit avec une malicieuse ironie : "Un vrai menteur. Par un jour de grande pluie, il affichait beau fixe."

On voue ici une affection particulière aux torches électriques qui furent acceptées avec gratitude dès les premières rencontres. Agafia sait parfaitement combien de piles mettre dans quelle lampe en usant du mot *volt* qui dans sa bouche sonne d'une drôle de façon. Sur le rebord de la fenêtre, il y a côte à côte un lumignon fabriqué naguère par son frère Dmitri, une bougie dans une conserve de saumon et une torche en fer blanc *made in China*, le tout illustrant, comme au musée, les différents modes d'éclairage de l'isba par "époques" successives.

Agafia admet cela de bon gré, ce qui ne l'empêche pas de vouer le même respect qu'avant au premier moyen de faire le feu et la lumière – un antique nécessaire à briquet. Dans un pot d'écorce, elle conserve un silex, un morceau de râpe et de l'amadou. Reprenant ses airs de maîtresse d'école, elle me fait la démonstration de l'efficacité sans faille du dispositif, tout en s'assurant que j'ai bien compris. Avec succès, je fais jaillir une gerbe d'étincelles sur un extrait d'amadouvier écrasé au marteau et bouilli dans une solution de cendre. On doit saisir l'amadou entre deux charbons de bois et, tout en attisant le feu naissant, le porter sur un bout d'écorce. C'est ainsi que le poêle est allumé chaque jour, et que la flamme prend à la mèche de la bougie, quand vient le soir. (Les allumettes, du reste, ne sont plus blâmées.)

Elle s'enorgueillit surtout de son beau Thermos à fleurs, une bouteille de deux litres offerte par ses cousins. Pour la fille de la taïga, c'est une petite merveille que de se réveiller le matin avec une infusion d'herbe bouillante sur la table, sans avoir à mettre le poêle en marche. Cette fois, c'est moi qui en explique le principe. Elle comprend aussitôt quand je fais appel à l'exemple du double vitrage à la fenêtre.

Dans le fil de la conversation, je lui demande où sont passées les fleurs que j'avais vues la dernière fois, pour apprendre que celles-ci poussaient grâce aux soins de la plus jeune des deux fugueuses et que c'était contraire à la règle de la taïga : "On ne peut cultiver que ce que l'on mange."

Les pots d'écorce emplis de boîtes de médicaments occupent une place grandissante sous le toit d'Agafia, et son frère Dmitri eût peut-être survécu s'il avait accepté ces cachets salvateurs de la main des géologues. Plus tard, elle expiera par la prière chaque comprimé ingurgité. Mais aujourd'hui, elle n'y croit pas moins qu'en son psautier et en avale avec une absence de discernement qui fait peur. Même les chèvres y passent. "Cet été, avec la chaleur, le bouc a eu la tremblote. Les tisanes n'y ont rien fait du tout. Eh bien, j'ai mis deux comprimés de paracétamol dans son auge et il a guéri d'un coup." J'émets quelques doutes aussitôt balayés par une Agafia péremptoire : "J'ai dit : d'un coup !"

Moi aussi je suis venu avec mon lot de pommades, d'aspirine et d'analgésiants en cadeau à la souffrante. "Le Finalgon laisse de sacrées brûlures. Contre la chondrose persistante, en revanche, il y a une pommade allemande qui me soulage fortement..." Elle me fait penser à ces infirmières qu'on voit dans nos campagnes, pétries de certitudes autant que d'idées fausses. Piètre conseiller, je prête une oreille réticente à l'étrange nomenclature qu'elle récite.

La petite entreprise autonome d'Agafia possède des "techniques" qui lui sont propres, à force d'expérience ou de conseils. Le levage du pain se fait par fermentation. Un morceau de chaque pâton est prélevé pour la cuisson suivante (à raison de deux fois par semaine) – le "levain". Mais si la farine est ici de la meilleure qualité, il n'en va pas de même du pain qu'on en tire, indigeste et mal cuit. Agafia s'efforce de l'améliorer en ajoutant du lait à la pâte et pourtant... j'ai toutes les peines du monde à venir à bout d'une malheureuse petite miche, avec maintes précautions pour ne pas vexer la boulangère.

Tout le monde ici profite du lait des chèvres – biquet, chat, poules, maîtresse de maison. En période de jeûne, Agafia le stocke et s'arrange pour en faire des fromages secs : elle le met à cailler dans des casseroles, puis à mitonner dans le four, à s'égoutter dans un tamis, et à sécher, enfin, au point qu'il devient dur comme pierre bien qu'il ramollisse aisément en bouillie sur le feu, avec du gruau. Savoureux, non ; mais nourrissant, assurément. Quand Agafia s'absente de chez elle, la "chevrine" lui tient lieu de conserve au même titre que le pain séché.

Un mot aussi sur la "technique" de mesure du temps – difficile à comprendre, mais redoutablement efficace. Déstabilisé par les caprices de la météo, j'ai fini par perdre le fil des jours. En deux temps, trois mouvements, Agafia remet les choses en ordre. "D'après votre croyance, nous sommes aujourd'hui le 14 août ; et d'après la nôtre, le 1er août 7505 à compter de la création du monde."

Du coup, ma chroniqueuse de la taïga et moi-même évoquons une date anniversaire : quinze ans tout rond que nous avons fait connaissance. "Tant d'eau a coulé depuis ce temps, soupire Agafia, oh ! oui, tant d'eau..."

Elle a cinquante-deux ans cette année. En été 1982, elle était pareille à une enfant sauvage, joviale, enjouée, noire de suie. Depuis, elle a beaucoup enduré, beaucoup appris aussi, absorbant comme une éponge les éclaboussures du "siècle". Une question d'elle m'interloque : "Tchernomyrdine est à cheval sur un tuyau*, à ce qu'on dit... Est-ce bien vrai ?" Elle laisse aussi tomber le mot *arriviste*, qui sonne d'une façon inhabituelle dans sa bouche.

— Et qu'est-ce que c'est, un arriviste ?

La réponse d'Agafia tombe juste.

* Viktor Tchernomyrdine (né en 1938) fut Premier ministre de décembre 1992 à mars 1998 sous la présidence de Boris Eltsine. Inspirée d'une comptine folklorique, l'expression "être à cheval sur un tuyau" a revêtu un sens nouveau avec la "géopolitique du Grand Tuyau" (*i. e.* du pipeline) associée à ses gouvernements successifs : une façon imaginée de dénoncer l'exportation des hydrocarbures comme moteur du développement économique russe.

Pas un son cette fois ni la moindre lumière de la fusée tirée de Baïkonour. Comme on me l'expliquera bientôt, elle est passée plus au nord. C'est à la lumière de la bougie que nous évoquons le feu d'artifice de l'année passée. Agafia taille au couteau le couvercle d'un pot d'écorce pendant que je gratte mon carnet pour y consigner les besoins du moment : un chat, un filet de pêche, une feuille de tôle, des casseroles, de la farine…

Soudain, le chien P'tit-Tube lance un aboiement furieux. Un ours ? Tout en frappant un cul de casserole avec une bûche, nous courons à l'isba de Sergueï pour y chercher des cartouches. Je charge un fusil à double canon, puis elle et moi nous plantons sur le seuil de la porte, l'oreille aux aguets. Fin de l'alerte. Le bouc, tache blanche et muette au clair de lune, se profile près du hangar. P'tit-Tube nous prodigue ses égards de chien.

Nous décidons de descendre à la rivière qui gronde sur les pierres et scintille d'une multitude de paillettes argentées. La lune verse sa lumière de derrière un cèdre hérissé d'aiguilles, les étoiles brillent en une ronde magique sur un ciel ténébreux lavé par les intempéries. Je jette un caillou dans le noir. De la rive d'en face, haute et raide, me répond un bruissement. Et si c'était vraiment un ours ? Je brûle une cartouche. Puis une autre. La taïga n'a pas tressailli d'une fibre. Le silence. Avec le chant pressé de l'Erinat.

Nous serions bien restés là, au bord de l'eau, mais, automne oblige, le froid se fait incisif et nous allongeons le pas vers l'isba, là-haut, où tremble à la fenêtre la flamme de la bougie…

Le lendemain, à l'heure dite, l'hélicoptère viendra me chercher.

Août 1997

SOUS LA LUNE

Même dans le massif des Sayan le printemps se fait attendre cette année. La neige enveloppe encore les montagnes. Les sapinières paraissent dessinées à l'encre de Chine sous un soleil étincelant, cependant que les boulaies resplendissent d'une pureté limpide. Les eaux printanières n'ont toujours pas troublé les flots de l'Erinat qui se précipitent vers l'Abakan. Mais le potager, à flanc de montagne, est déjà délivré des neiges. La terre fume, tout en rousseur. Une bergeronnette sautille parmi les sillons destinés aux pommes de terre, peut-être vient-elle à peine de migrer. Et d'élégants papillons volettent par-dessus le duvet jaune des saules.

— C'est toi qui nous apportes la chaleur ! me lance bruyamment Erofeï, comme à son habitude.

Et de remettre en ordre sa barbe échevelée avec un peigne en alu.

Erofeï a perdu une jambe. C'est la première fois que je vois combien il a de peine à pousser sa prothèse sur une terre molle de neige fondue.

— Eh oui, il fut un temps où j'allais courant les lieux comme un élan, dit-il en lisant dans mes pensées. Bah ! on fera avec.

Le deuxième compère du trio qui m'accueille porte fusil, brêlage et bandana serré sur la tête contre les tiques printanières. Avec son visage rond, il me fait terriblement penser au Golde Dersou Ouzala. C'est l'artiste peintre de Kharkov Sergueï Oussik. Les circonstances de la vie l'ont poussé à faire son trou ici, dans ce coin de taïga, comme Erofeï. Je reviendrai sur ces deux-là. Mais, pour l'heure, mon protagoniste est Agafia. Plutôt gaie. Le visage plus frais qu'avant. Comme toujours, elle commence par se plaindre de sa santé.

— Mes jambes me font mal, la droite comme la gauche. Me voilà à demi percluse…

Chaussée de bottes de caoutchouc, comme de coutume, elle est vêtue d'une espèce de redingote de toile grise et sans col.

— Te souviens-tu de mon plaid ?

Elle me montre avec fierté la doublure noire d'un mantelet de sa fabrication. L'an dernier, je lui avais apporté le cadeau d'une Suédoise, lectrice de notre journal, un plaid de laine qui lui avait beaucoup plu. Après l'avoir porté comme un châle en hiver, elle en a confectionné une doublure au printemps.

— Et aussi j'ai fait une table toute neuve…

Elle me conduit à sa pièce de menuiserie, solidement montée près du poêle sur des pieds de guingois.

— Toi qui sais tout faire, Agafia, peux-tu me dire à quoi tu prends le plus plaisir, et ce qui te déplaît ?

Il s'avère qu'elle aime ramasser les cônes de cèdre, travailler à la hache, tailler au couteau. Elle réussit avec un égal bonheur les petits pots d'écorce, les pièges à tamias et les garde-manger sur pilotis.

— Par contre je n'aime pas traire les chèvres, m'avoue-t-elle inopinément.

Nous faisons elle et moi le tour de la cour. Tout est en place. Le bouc blanc, naseaux au vent, regarde le monde d'un air soupçonneux. Les deux chevrettes épluchent les branches d'un saule. Le chat ne fait ni une ni deux et file en flèche de l'isba à la taïga. Quant aux chiens Branchette et P'tit-Tube, ils se couchent obséquieusement à terre en geignant dans l'idée de récupérer des poches du visiteur autre chose que ces fichues patates. En passant près du poulailler, Agafia prend un air de conspiratrice et m'y fait entrer d'un geste du doigt puis, levant la main, sort de sa cachette un œuf encore plus petit que celui d'un pigeon.

— J'ai un coq pondeur…

Abasourdi par un tel phénomène, j'examine l'œuf sous toutes ses coutures.

— Agafia, enfin, les coqs ne pondent pas…

— Le mien, si ! C'est déjà le sixième que je lui prends. Pas de jaune dedans, rien que du blanc…

— Mais le coq n'y est pour rien. Ce sont les poules qui t'induisent en erreur. La faute à une nourriture pas assez riche.

C'est alors que je me souviens du cadeau très spécial que j'apporte de Moscou. M'ayant entendu parler des poules de l'ermitage qui se chipent leurs œufs entre elles, mon ami le journaliste Leonid Plechakov a passé près d'une année entière à stocker des coquilles d'œuf. Point n'est besoin d'expliquer à Agafia la valeur de ce cadeau. Et nous voilà écrasant les précieuses coques dans le creux de nos mains pour les jeter aux poules. En deux minutes, il ne reste plus rien du carré que nous avons semé d'éclats blancs. Agafia admet qu'il faut donner à la basse-cour autre chose que du grain, mais, s'agissant des petits œufs sans jaune, elle n'en démord pas : c'est le coq qui les a pondus. Elle s'en va chez elle et revient avec une boîte en écorce où elle glisse un coton, puis le dernier œuf.

— Tiens, tu montreras ça aux savantes gens. Un œuf de coq…

J'apporte aussi de Moscou un sac de friandises que mes amis forestiers dévorent des yeux comme des bambins devant la musette de leur père au retour de la foire. Celles-là distribuées, Erofeï commence à s'agiter :

— Et nous alors ?! Sergueï, prends plutôt le fusil, il y a de la gélinotte là-bas, au fond du jardin. Moi, je vais mettre la pomme de terre à bouillir. Quant à toi, Agafia, occupe-toi du jus de bouleau !

J'ai aperçu tout à l'heure, à l'orée du jardin, un petit seau de zinc au pied d'un bouleau. Il débordait déjà. L'envie m'a pris de me désaltérer sur place par cette journée de grande chaleur, mais stop : je savais qu'un visiteur ne devait pas y toucher, car alors le récipient "souillé" aurait été jeté.

Agafia remplit nos chopes de ce "kvas de la taïga" sur une table installée devant l'isba qu'occupe Erofeï. Du haut du potager retentissent des coups de feu.

— S'il a brûlé trois cartouches, c'est qu'il en a tué au moins une, commente Erofeï.

Sergueï en effet rapporte une gélinotte, et une joyeuse discussion s'engage entre les trois hôtes sur la meilleure façon d'apprêter le gibier. Nous dînons entre chien et loup. Le soleil à peine couché, l'hiver nous fait sentir qu'il n'a pas encore quitté les montagnes. Il faut enfiler des habits chauds et rajouter des bûches au feu. Mais le rossignol chante déjà. Les grives jasent à l'autre bout du jardin. Un oiseau de nuit laisse entendre son hululement monocorde. C'est dans ce ramage que nous causons jusqu'à près de minuit, échangeant les nouvelles du "siècle" et celles d'Agafia, qui nous renvoient à l'année passée.

En automne, un hélicoptère a déposé Agafia aux Sources chaudes où elle a passé trois semaines à "soigner ses os", laissant à Sergueï le soin de tenir la maison. L'hiver a été rude et peu enneigé au point que des pommes de terre ont gelé dans une fosse, mais pas dans les autres où il restait largement de quoi manger et replanter. Le potager sera bêché d'un jour à l'autre, les tubercules germent depuis déjà deux semaines dans l'isba, étalés par terre. Concernant la basse-cour, rien de changé. Mais, comme toujours, Agafia se demande si elle ne va pas saigner les chèvres pour l'hiver. "Je peine à faire tout ce fourrage."

Côté nourriture, on n'aura manqué de rien. Des pommes de terre à profusion. Il reste aussi des réserves de gruau. Plusieurs seaux de poisson ont été pêchés et salés en automne. Pour la gourmandise, il y a les œufs et le lait. La chasse pourrait apporter son lot de viande, mais Erofeï ne peut plus courir la taïga avec sa jambe de bois, et Sergueï, en citadin qu'il est, ne s'en prend guère qu'aux gélinottes. Dans un précédent courrier, Agafia m'avait fait signe : "Plus besoin de bougies. Apporte plutôt de l'huile de tournesol." Empiriquement, on a compris ici qu'une lampe à huile, avec sa mèche, était deux fois plus économique que les bougies. L'huile sert aussi à agrémenter les pommes de terre, ce dont seuls les deux hommes profitent, Agafia persistant à refuser les aliments "séculiers".

Aujourd'hui comme hier, la "vie du siècle" ne fait ici que passer. Au gré du hasard. Les hélicoptères coûtent les yeux de la tête, mais ils continuent à l'occasion de survoler ce coin de taïga : les mineurs vont en cure aux Sources chaudes, les militaires inspectent les secteurs où retombent les étages de fusées, les pompiers accomplissent quelques rares patrouilles en été. Presque tous les hélicos font le détour "par chez Agafia" au moins pour une heure, qui par amitié, qui par curiosité. Un bruit de moteur est toujours accueilli dans la joie. Il annonce l'occasion d'échanger quelques mots avec quelqu'un du "siècle", de lui demander un service, de lui confier une lettre.

Sur l'"exercice en cours", trois visiteurs l'auront marquée. L'un d'eux (à bord d'un engin de passage et non spécialement affrété, heureusement) est venu lui remettre un passeport. Quel n'a pas été l'embarras des fonctionnaires d'Abakan – qui trouvaient absurde qu'on puisse exister sur terre sans un papier tamponné – quand Agafia leur a dit niet. Ce n'était pourtant pas faute d'avoir été prévenus par la *Komsomolskaya Pravda*, tirée à des millions d'exemplaires, qui avait rappelé que, depuis l'époque de Pierre le Grand, l'ordre des vieux-croyants auquel appartenaient les Lykov ne reconnaissait ni les papiers, ni les tampons, ni l'argent, ni aucune forme de service aux tsars. Non sans quelques correctifs, il est vrai. Si les vieux-croyants de la confrérie des "errants" avaient qualifié la pomme de terre introduite sous Pierre le Grand de "plant prolifique et maléfique", les Lykov en ont fait un aliment de base. A l'une de mes premières visites, j'avais montré des billets de banque à Karp Ossipovitch et Agafia ; ils s'en étaient détournés comme d'un serpent venimeux. Or, l'an dernier, Agafia n'a pas dit non aux trois billets que je lui ai glissés, et aujourd'hui elle me rend compte à voix basse de ses dépenses : "On m'a livré deux sacs de farine et des filets pour le poisson."

Elle garde un bon souvenir du gouverneur de Kemerovo Aman Touleyev* qui a fait un détour de quelques instants dans ce coin de taïga khakasse en survolant son "évêché". Fendue d'un large sourire, elle me rapporte toute la conversation : les questions posées par lui, et les réponses données par elle-même. Tout en sachant très bien ce que recouvre le mot "gouverneur", elle ne résiste pas au plaisir de se faire expliquer une nouvelle fois la grandeur de la fonction. "C'est un homme bien et bon..." Pour illustrer ses dires, elle court à son isba et rapporte auprès du feu un message adressé par Touleyev à l'occasion du 8 mars, journée mondiale des femmes, message déposé par un hélicoptère de passage avec un bouquet de fleurs. Elle est à la fois touchée et surprise : "Des fleurs... en plein hiver !..." Avec une fierté manifeste, elle en donne lecture à haute et intelligible voix, non sans une pointe de solennité.

— Nous avons eu aussi la visite de Makarévitch**, dit Erofeï. Il est venu zyeuter Agafia.

* Aman Touleyev, né en 1944 de père kazakh et de mère tatare, ancien cheminot, figure notable du paysage politique russe ; gouverneur (chef de l'exécutif) de la région de Kemerovo, dite "Kouzbass" (élu d'abord, puis reconduit dans ce mandat par le président Poutine qui supprima l'éligibilité des gouverneurs), il a organisé à l'intention d'Agafia une forme de parrainage que lui disputeront les autorités de la Khakassie auxquelles se rattache formellement l'ermitage des Lykov.

** Andreï Makarévitch, né en 1953, star du rock soviéto-russe, chanteur-compositeur, fondateur et chef de file du groupe *Time Machines* créé au début des années 1970 sous l'influence des Beatles.

La fille de la taïga, bien sûr, ignore complètement qui est Makarévitch. Erofeï et Sergueï évoquent la rencontre en blaguant, avec une citation du poète Lermontov sans doute cent fois répétée : "Quand l'étoile parle à l'étoile..."

Etrange retournement du destin... Lors de sa tournée à Novokouznetsk et Abakan, il y a tout à parier que les groupies de Makarévitch se l'arrachaient par la veste en lui réclamant des autographes. Une star ! Et voilà que Makarévitch demande à voir Agafia, elle aussi star à sa façon. Reste d'ailleurs à vérifier laquelle des deux étoiles brille le plus fort au firmament de la célébrité.

Si Agafia a conscience de sa singularité ? Bien sûr que oui. C'est en partie pour cela, me semble-t-il, qu'elle porte le fardeau de sa solitude érémitique et renonce à s'installer parmi les siens. Chez ses cousins, elle serait comme tout un chacun. Tandis qu'ici, tenez, même le gouverneur lui fait livrer des fleurs...

Venons-en maintenant à nos deux bonshommes et à ce qui les attire ici, auprès d'Agafia.

Erofeï, privé de sa jambe avec une pension de misère, en bute aux difficultés de la vie actuelle et à des dissensions familiales, a dû se demander, l'esprit tourmenté, où il allait poser son sac. Rétrospectivement, il s'est dit que ses meilleures années s'étaient passées ici, dans ce coin de taïga où il avait travaillé comme foreur, chassé le gibier et tissé une amitié de vingt ans avec les Lykov, en faisant tout pour les aider. Alors Erofeï a cédé à l'appel de la taïga.

Sans ses deux jambes, un homme des bois est quasi impotent. Conscient de cela, il s'est rendu par deux fois à l'ermitage pour mesurer ses forces et reconnaître le terrain. “Je suis venu en stagiaire”, plaisante-t-il. Après quoi il s’est incrusté. Pour donner un sens à sa vie, il a choisi l’apiculture. Il a fait quelques lectures et fréquenté des éleveurs d’abeilles dans les montagnes avant de s’installer ici avec cinq ruches, l’automne dernier. Il a bien tenu l’hiver, mais pas les abeilles. En effet, par ignorance ou par inattention, il les a fait hiverner avec du miel de miellat, chose déconseillée pour l’hiver comme tous les apiculteurs vous le diront. Seule une ruche semble avoir survécu à l’hécatombe, et j’ai trouvé Erofeï dans l’angoisse de l’attente : vont-elles voler encore ? Ce qui lui faut, c’est une reine et toute sa colonie. Sensible à sa détresse, je lui ai promis tout cela. (Promesse tenue. De retour à Abakan, j’ai téléphoné à Nikolaï Savouchkine qui s’est rendu à Chouchenskoyé auprès d’un ami apiculteur, A. Zinenko. Bonne âme, l’autre a dit : “Prends toute la ruche !” dès qu’il a compris de quoi il retournait. Laquelle ruche est déjà arrivée à bon port.)

Une situation peu enviable que celle d’Erofeï. Comme souvent, c’est dans l’adversité qu’on se met à la recherche de Dieu. Or, là, inutile de chercher : il n’y a pas meilleur apôtre qu’Agafia. L’homme arbore maintenant une longue barbe de vieux-croyant et prête une oreille attentive à l’exégèse qu’elle fait des Ecritures. Pour que sa conversion à la “vraie foi” soit complète, il ne lui reste plus qu’à renoncer à l’usage trop libre et “séculier” qu’il fait encore de la vaisselle et des ustensiles de cuisine. Sinon, il semble être sur le droit chemin de la vieille-foi.

Quant à l’artiste peintre Sergueï, lui aussi paraît avoir échoué ici par suite d’un naufrage social. Après avoir fait les beaux-arts à Kharkov, il s'est lancé dans les affaires mais a bu un bouillon et a choisi de se "mettre au vert" dans un coin tranquille. Sa part de pain érémitique, il la gagne avec ses peintures qu'il réalise sur des pièces de cèdre. Il en a même offert une au gouverneur qui, ne voulant pas être en reste, a ôté de son poignet une montre de prix. Sergueï me la fait voir avec fierté.

La première fois qu'il est venu ici, c'était à pied par la taïga, forçant par là même le respect d'Agafia, et le mien aussi. Sachant combien il est difficile de se tailler un chemin à travers ces montagnes, je l'ai pressé de questions sur les détails du voyage, mais Sergueï n'a rien trouvé d'extraordinaire à marcher sept jours en solitaire. "J'ai grandi du côté d'Irkoutsk. La taïga, je la connais depuis les langes, surtout celle du Nord, bien plus austère qu'ici."

Comment le trio a-t-il passé l'année ? Plutôt bien, surtout quand on sait que les frictions sont presque inévitables au sein d'un petit groupe isolé, et qu'elles dégénèrent souvent en drame. Les tâches ont été partagées en fonction des forces et de l'état de santé de chacun. Sergueï, plus vigoureux, a aidé Agafia à poser les nasses à poissons dans la rivière, à porter l'eau, à tenir le potager, à stocker le fourrage des chèvres. Agafia voulait aussi lui faire traire les chèvres, mais il s'est défilé : "On a beau dire, ce n'est pas un boulot d'homme, et je ne dois pas laisser tomber les pinceaux."

Un tel trio ne peut former une communauté : trop de différences dans les sensibilités spirituelles, les goûts culinaires, les habitudes. A chacun de faire cuire son propre pain et sa propre kacha, à chacun son propre chemin qui mène au petit coin dans la taïga. On vit à trois masures.

Au début, les hommes s'étaient installés sous un même toit, mais le choc des caractères n'a pas tardé à se faire ressentir. Il y a eu une franche explication qui, pour autant, n'a pas entamé des liens d'amitié si précieux dans ce contexte. Sergueï a donc déménagé dans une cabane qui servait d'étuve au bord de la rivière, Erofeï restant dans son isba. Ni l'un ni l'autre n'envisagent de s'éterniser. Sergueï se voit ici jusqu'à l'hiver, Erofeï veut se consacrer à l'apiculture, il cherchera un endroit propice dans la montagne et un partenaire fiable. En attendant, à chacun son hameau. On se rend visite, on partage les tâches et les peines. Agafia, en douce, s'est plainte de ses voisins à mon oreille mais, connaissant le caractère inflexible du clan des Lykov et la rigidité de sa foi, je n'ai pu que sourire à ses remontrances pour la plupart dérisoires.

Le soir, autour du feu, les trois "habitants" racontent à qui mieux mieux les visites rendues à l'ermitage par les bêtes sauvages. Ici, les animaux n'ont presque jamais affaire aux hommes, et ce lieu habité les intrigue avec ses odeurs et ses bruits. Les ours rôdent en permanence et s'avancent même dans le potager. Par bonheur, ils se laissent vite effaroucher. Çà et là pendillent des chiffons rouges, des seaux et des casseroles gondolées pour sonner le tocsin à la moindre alerte. "Ils chient par terre", dit Agafia avec bonhomie pour décrire la réaction physiologique des plantigrades aux situations de stress.

Un timide chevrotain, l'hiver dernier, s'est invité dans le domaine et l'a longuement parcouru. Les empreintes attestaient qu'il s'était aventuré jusqu'au sas d'entrée de chez Sergueï.

Un épervier a trouvé le moyen d'enlever une poule à la basse-cour. Et un grand duc a saigné un chat. On me montre l'arbre où l'oiseau aime à se percher. Personne, bien sûr, ne l'a vu fondre sur sa proie. N'en restaient que les os sur des pierres, avec une plume du rapace, au bord de la rivière. Depuis lors, Agafia fait rentrer ses chats tous les soirs en les alléchant avec du lait. Enfin, en janvier, dans la longue monotonie des journées d'hiver, on a eu droit à une semaine de distraction plus que de peur avec l'apparition impromptue d'un loup venu d'on ne sait où. Agafia l'a aperçu par la fenêtre. "Il s'arc-boutait en tirant avec les dents un sac d'avoine de dessous le garde-manger." L'instant d'après, elle frappait à l'huis d'Erofeï qui, armé d'un couteau de "luminium", se précipitait le fusil à la main au bord de la pente abrupte. Mais en fait de cartouches il n'avait que du plomb et, à deux cents mètres de distance, il n'a pu qu'effrayer la bête.

Un temps parti, le loup est revenu pour s'en prendre encore une fois à ce malheureux sac d'avoine. Nouveau coup de feu d'Erofeï, qui n'a pas empêché l'animal de courir les bois environnants. Une nuit, dans la cour, il a gratté dans les ordures, faisant tinter les casseroles au mépris de l'aboiement déchaîné des chiens. Sur la rivière, il a arraché la vieille couverture dont Agafia protégeait le trou qu'elle avait percé dans la glace pour éviter qu'il ne regèle. Avec ses numéros d'opérette, l'étrange animal a tenu le siège du site pendant une semaine entière. "Quand on sciait le bois, on allumait des feux pour lui faire peur. Le soir, je sortais avec une lampe torche." Puis la bête a disparu aussi inopinément qu'elle était venue.

Il est encore question de bêtes sauvages. Les plus détestables aux yeux d'Agafia sont toujours les visons (qui "écorchent le poisson dans les nasses"), les casse-noix mouchetés (qui lui font concurrence dans le ramassage des cônes de cèdre), les tamias et les taupes (ou peut-être les rats d'eau ?) qui s'intéressent de trop près au potager. Ses chouchous sont les bergeronnettes (les premières à venir au printemps) et les "coquelets de Pologne". D'après la description qu'elle en donne, en imitant leur chant, j'ai compris que des huppes se hasardaient dans la taïga.

Tard dans la soirée, quand la lune jaillissant de la cime des cèdres s'élance dans l'immensité du ciel, Sergueï file à sa cabane et remonte aussitôt avec un drôle de tube à la main, son télescope. Au milieu de l'hiver, il s'est absenté un mois dans sa bonne ville de Kharkov, rapportant outre des friandises un instrument très sérieux pour l'observation du ciel. On ne pouvait choisir meilleur moment pour l'étrenner : un temps relativement tiède, un ciel de mai limpide et constellé, une lune pleine trônant sur une taïga plongée dans les ténèbres. Sergueï le fixe sur un trépied et nous commençons (nous les hommes) à scruter la face de l'astre nocturne qui brille comme une bassine de cuivre bien lustrée. Un oculaire, puis un autre, et nous observons bientôt au grossissement maximal les verrues du relief et les ombres qu'elles renvoient. Agafia nous regarde d'un air condescendant, comme des gamins espiègles. Elle marque une hésitation quand nous lui proposons d'y jeter un œil : et si c'était un péché ? Elle finit tout de même par céder à la tentation, mais sa taille ne lui permet pas de porter l'œil à la lentille, aussi doit-on placer une grosse casserole renversée qui lui servira de marchepied. Durant une minute, elle examine en silence la lune rapprochée au centuple puis redescend de sa casserole en faisant la moue : "Elle n'a pas de visage !"

Nous retenons de ses explications qu'elle possède un livre de prières avec une illustration figurant la lune sous les traits d'un visage de femme nimbé de rayons. C'est ce visage qu'elle espérait retrouver au télescope. Mais du visage point de trace. "Encore un coup d'œil, peut-être ?" Elle accepte aussitôt. Puis descend d'un air plus décidé encore : "Quelle supercherie ! On ne voit même pas son visage !"

Elle m'invite à passer la nuit chez elle en étalant ma couche près d'un tas de pommes de terre germées qui attendent l'heure d'être plantées. Longue prière d'avant le sommeil, puis elle brandit la lampe à huile et l'apporte vers le coin aux livres où elle se met à fureter fébrilement. "Voilà !..." exulte-t-elle en me présentant un livre ancien ouvert à la bonne page. J'y vois la lune sous les traits d'un visage rond de femme. Agafia croit dur comme fer que le jouet de Sergueï est un leurre. La lune, en vérité, est telle que dans son livre.

Comme il est inutile de discuter avec elle en pareil cas, je relance la conversation sur le potager. Mais elle revient à sa lune. "La lune doit avoir un visage ! Et qu'on ait marché dessus, soi-disant, c'est aussi de la supercherie." Pleine de bon sens, elle m'explique pourquoi. "Où a-t-on vu que des gens marchent la tête en bas comme des mouches ?! Ils retomberaient sur terre !"

Un rai de lune glisse à la fenêtre. Un papillon de printemps entré dans la journée somnole sur un pot d'écorce près de la lampe à huile. Jusqu'à trois heures du matin, nous parlons taïga. Elle se lève de temps à autre, soit pour ouvrir la porte à son chat miaulant, soit pour lire le psautier à voix basse. A travers mon sommeil, ou est-ce pour de vrai ? j'entends ce murmure empreint d'une foi effrénée : "Un visage ! Point de lune sans visage..."

Je suis réveillé au matin par un bruit fracassant. L'izbouchka vibre de partout, les carreaux tremblent aux fenêtres. Je jette un œil à ma montre : d'après les prévisions, la fusée *Proton* doit survoler notre retraite forestière sept minutes et demie après son lancement de Baïkonour. Son deuxième étage a explosé en entrant dans les couches denses de l'atmosphère. Habitués aux tonnerres célestes, les chiens n'ont pas aboyé, pas plus qu'Agafia n'a manifesté d'étonnement. Seul Erofeï frappe à la porte : "Vous avez entendu ça ! Elle a décollé... Bon, je vais mettre le thé en route."

Quelque part dans le "siècle", les choses vont leur train. Si la fusée a décollé, cela signifie qu'un hélicoptère va se poser dans la journée avec des chimistes à son bord qui vont prélever des échantillons de terre dans le potager d'Agafia, sur l'éperon rocheux du torrent, sous les cèdres de la taïga. En dix ou quinze minutes, tout sera plié : je dois donc vite boucler mon sac si je ne veux pas rester coincé ici un mois ou deux. Assis sur mes balluchons, Erofeï et moi pensons à l'été 1978 : il y a exactement vingt ans que les Lykov ont été découverts dans la taïga. Un avion prospectait (on cherchait un site où débarquer des géologues) quand les pilotes ont avisé des plates-bandes de pommes de terre à flanc de montagne... Vingt ans ! Et que d'eau écoulée depuis dans les gorges de l'Abakan !

Mai 1998

QUAND AGAFIA DESSINE

J'avais mis dans mes bagages un bloc de beau papier avec quelques feutres noirs en vue d'une expérience de dessin, sans toutefois savoir ce qu'en dirait l'enfant de la taïga qui, à cinquante-deux ans, n'avait jamais dessiné de sa vie, pas même avec un bâton sur le sable.

Et voici le moment venu. Nous attendons l'hélico pour une heure indéterminée. Toute création requérant de l'intimité, je prie Erofeï et Sergueï d'aller voir ailleurs pendant que j'installe Agafia à la table.

— Avec ta belle écriture (lui dis-je en sachant la fierté qu'elle y met), tu dois joliment dessiner… Et si on essayait ?

— Et qu'est-ce que c'est que ça ?

Feutre en main, je dessine un oiseau familier des lieux.

— Un casse-noix, fait-elle en souriant.

— A ton tour maintenant…

Je cache mon "œuvre" pour éviter la tentation de la copie. D'un trait mal assuré, elle représente l'oiseau. Peu de ressemblance avec un casse-noix, mais le dessin paraît indéniablement plus vivant que le mien.

— Fais une faucille à présent… une bouilloire… des ciseaux…

Je nomme tout ce qui me tombe sous les yeux dans l'isba et elle se pique volontiers au jeu.

Avec un petit rire, elle dessine d'elle-même le poêle en fer. Et pour éviter tout quiproquo, elle prend soin de légender chaque dessin.

C'est le fusil pendu au mur qui lui donne le plus de fil à retordre. Elle se lève et s'en approche pour l'examiner de près, puis le reproduit de mémoire en ébauchant une espèce de mousquet aussitôt légendé *fusil*. Etape suivante : dessiner des choses qu'on ne voit pas dans l'isba, mais bien connues d'elle.

— Dessine un poisson…

Je m'étonne de le voir prendre forme sur le papier en moins d'une minute. Même inspiration pour le cèdre et le navet.

— Souviens-toi, tu me parlais d'un grand duc perché sur du bois mort.

Pour le grand duc, curieusement, elle ne sait trop par quoi commencer.

— Qu'est-ce qui t'a le plus frappée chez lui ?

— Les yeux et les oreilles.

Elle commence par les yeux, puis enchaîne avec le reste autour. Ainsi de l'élan, disant qu'il possède des pattes longues et un nez très très grand. Chose aussitôt calquée sur le papier. Après un instant d'hésitation, elle y ajoute des sabots dédoublés. Et quand je lui dis que les élans sont dotés de bois aussi ramifiés que ceux des marals, elle me rétorque qu'elle n'en a jamais vu de tels, mais seulement "comme deux bâtonnets".

Puis elle s'acquitte aisément de la cheminée, sans même oublier la fumée qui s'en échappe. Mais le mur de l'isba se présente comme un carré blanc. Nous sortons pour y jeter un œil de l'extérieur, après quoi je lui montre son propre dessin.

— En quoi consiste la différence ?

— Sur l'isba, on voit les rondins…

— Veux-tu les dessiner ?

Ce qu'elle fait sur-le-champ. Sans trop de peine, elle y ajoute le chien près de sa niche et le soleil avec de drôles de poils en guise de rayons.

Quand je lui propose de dessiner ce qu'elle veut, Agafia trace en silence une croix de vieux-croyant avec un monticule par-dessous, le tout légendé du mot *tombe*.

— Tu y penses ?

— Et comment ne pas y penser ? La vie n'est pas éternelle.

Ces mots sont prononcés sans tristesse ni amertume. Après la croix se profile un coq, qui pourtant la laisse en peine.

— Quel est son trait majeur ?

— Sa queue, sa crête…

— Eh bien, à toi de jouer…

Devant ce coq croqué en moins d'une minute, je ne peux contenir mon admiration. Un petit bijou, surtout pour une première leçon.

— De quoi rendre jaloux Picasso en personne…

— Picasso ? Qui est-ce ? demande-t-elle prudemment.

Sans attendre la réponse, elle signe son papier : dessiné par… tel jour…

Les deux heures passées devant la table ont filé en un clin d'œil. Agafia n'a pas besoin de mes éloges – dont je n'ai pas tari – pour sentir l'attrait de la chose. Avec un sourire, elle me dit en posant un regard songeur sur ses dessins :

— C'est de l'enfantillage, mais ça rend un brin heureux.

Des paroles venues droit du cœur. Pour la première fois depuis seize ans, elle ne se défie pas de l'appareil photo et arrange même son foulard quand je le lui demande.

Dès que nous sortons, le "public" (Erofeï et Sergueï) demande à voir.

— Me voilà avec une concurrente dans les pattes, lance Sergueï en souriant.

Erofeï comme d'habitude verse dans l'allégresse.

— Je vous le disais bien : elle sait tout faire. Encore un peu, et Margaret Thatcher pourra aller se rhabiller !

Je demande à Sergueï de dessiner la même chose qu'Agafia, puis je crayonne à mon tour une hache, une paire de ciseaux, un navet... Comparaison faite, nous échangeons un regard consterné. Nos dessins sont peut-être un peu plus nets, mais ils ont la platitude d'un album à colorier. Chez Agafia, à l'inverse, le moindre petit trait pétille de fantaisie.

En chacun se cache un artiste, dit-on. D'ordinaire, la mise à l'épreuve se joue dès l'enfance. Beaucoup font très tôt leurs premiers gribouillages, et les parents pleins de sagesse conservent les dessins pour plus tard : vois un peu comme tu dessinais les vaches, les lapins, les avions, le Père Noël. Chez Agafia, l'heure de la mise à l'épreuve a sonné avec presque cinquante ans de retard. Il y a la curiosité d'une enfant et le sourire d'une femme qui a vécu, dans le regard qu'elle porte sur ses dessins. Plusieurs fois, Erofeï, Sergueï et moi permutons les feuilles. Gênée, Agafia nous observe en mordillant le coin de son foulard.

Mai 1998

КАЗА
СОБАКА

ПЕТУХ

КУРИЦА

СЕРП
ТАПОР
ЧАИНИК
АЧКИ
ЙЗБА
ПЕЧКА

РНСАВАБА
А́ГАФЬА

P. 141-144 : Dessins d'Agafia et sa signature.

A QUELQUES JOURS DU NOUVEL AN

Quand les tourbillons de neige soulevés par l'hélicoptère sont retombés, j'ai compris qu'Agafia n'était pas sur ses terres. Les deux chiens aboyaient, et la silhouette esseulée d'Erofeï se dessinait sous un sapin.

— Aux Sources ! Elle est aux Sources !... m'a-t-il lancé.

Après qu'il nous eut donné quelques consignes, nous avons repris les airs. Les Sources, à la confluence du Grand et du Petit Abakan, sont connues depuis la nuit des temps par les trappeurs chors qui venaient y chauffer leurs os transis au terme d'un hiver de chasse. Aujourd'hui, mineurs et chasseurs y vont pour leurs rhumatismes. Agafia prétend y soigner aussi d'autres maladies. Cela fait plusieurs hivers d'affilée qu'elle se rend en cure à ces "Canaries" des neiges au gré des hélicos de passage.

Les "curistes" ont construit à la sauvette des petites cabanes d'été pour se protéger de la pluie et du soleil. L'une d'elles a été réaménagée par Agafia en gîte d'hiver.

Elle vient ici avec ses bûches, sa mangeaille, ses livres et ses icônes. Il fait un peu frisquet dans la baraque mais personne ne l'embête puisqu'elle est seule au milieu des "thermes". C'est par un tunnel creusé sous la neige qu'elle se rend à un “bassin de cure” couvert de givre, où elle jouit de sa solitude.

Ohé ! mais où se cache-t-elle ? La neige est nette, pas la moindre trace. Soudain grince une porte dans un air gelé, par où surgit quelqu’un de fagoté à la va-vite qu’on pourrait prendre pour une bestiole naufragée dans le royaume de l’hiver.

Les pilotes nous ont donné cinq minutes. Agafia bourre son balluchon des effets dont elle ne se sépare jamais, barre la porte avec un pieu et me prie d’y laisser un mot : “Occupé par Agafia”, bien que personne ne risque de se hasarder jusqu’ici en hiver, sinon peut-être une bête sauvage. Elle trouve même le temps de nous montrer l’étuve, nous force à tâter l’eau de la source du bout du doigt et se met à trotter vers l’hélico ; c’est à peine si j’arrive à la suivre.

Escale intermédiaire sur la rivière Kair, où naguère la vie battait son plein au camp des géologues. Erofeï vient d’y passer un an et demi dans l’espoir d’y faire de l’apiculture… toute une histoire ! Pour l’heure, à la hâte, nous sortons ses ruches d’une cave pour les charger dans l’hélico avec des liasses de planches, des bobines de fil d’alu, un poêle de fer et autres bricoles utiles à l’exploitation d’Agafia. Encore cinq minutes, et nous sommes “chez nous”, au pied d’une palissade en rondins qui surplombe l’Erinat à la façon d’un fortin.

Comme toujours, on commence par les nouvelles de l’année, la principale étant qu’une femme vit maintenant avec Agafia qui lui a donné le baptême, et celle-là, contrairement aux autres, n’est pas repartie aussi sec. “La vie va son cours…

Nous faisons cuire chacune notre pain et chacune a ses goûts, nous partageons les tâches au gré de nos forces..." Apparemment, cela convient aux deux parties malgré les problèmes qui en découlent, mais qu'on ne devine qu'en regardant de plus près leur petit quotidien.

On parle surtout des caprices de l'été dernier. Caniculaire à l'ouest de l'Oural, il s'est montré ici "férocement froid" : vents, pluies, gels en mai, neiges en juin. On a même failli ne rien obtenir du potager, mais non, la pomme de terre a bien donné après avoir gelé (on a dû la replanter), ainsi que le seigle, le pois, les légumes. Bonne pêche en automne. Et surtout, surtout : une profusion inouïe de cônes de cèdre. Les deux ermites sont donc allées glaner. Mais l'une (ex-citadine) n'avait aucune expérience en la matière, et l'autre (Agafia) ne se sentait plus capable de grimper aux arbres comme un écureuil. Elles travaillaient donc à la gaule, tout en lenteur alors même qu'il fallait devancer les concurrents : casse-noix, tamias et, pis encore, le seigneur de la taïga Mikhaïlo Ivanovitch* qui venait paître dans le bois le plus fécond. C'était le cueilleur le plus matinal, le plus actif et le plus dangereux. Il fallait attendre qu'une fois repu il aille se reposer. On ne prenait pas de fusil, mais des casseroles qu'on martelait à coups de gourdins pour lui faire peur.

C'est le touchken, vent automnal de la taïga, qui a fait le gros du travail, comme toujours. Pendant deux jours, il a soufflé si fort que tous les cônes se sont retrouvés par terre, grossissant de trente sacs – et de la meilleure graine – les réserves alimentaires d'Agafia. Côté nourriture, donc, rien ne menace l'ermitage. Le jardin porte

* Nom sous lequel figure l'ours dans le folklore russe.

ses fruits, les stocks regorgent de farine et de gruau, le poisson mord, les chèvres ne demandent qu'à être traites, les poules pondent. Le vieux bouc, apparemment, n'aura pas survécu aux médicaments administrés par Agafia pour le guérir ; il est aujourd'hui remplacé par une nouvelle bête à barbe. Si je décrypte bien ce qu'elle m'en dit, les chèvres mettront bas au printemps.

Les ours continuent de rôder dans les parages en été comme en automne, mais leur ardeur est calmée par l'aboiement des chiens et le gong des casseroles. "C'est l'ours maraudeur* qui est à craindre. S'il se montre ici, nous sommes perdues", soupire Agafia.

Certains spécimens du monde sauvage n'ont pas tant effrayé qu'amusé les deux ermites. Un jour, alertées par un tintamarre dans la basse-cour, elles ont trouvé dans le poulailler un épervier qui s'était introduit par la lucarne. Le rapace avait fondu sur un coq mais, n'ayant pu l'emporter, s'en repaissait sur place. Il tirait déjà les tripes du noble animal quand les casseroles ont grondé dans une explosion de cris humains. "Et l'autre qui ne bougeait pas, grand seigneur. On a eu toutes les peines à le ficher dehors."

Deux isbas, un poulailler, une étable à chèvres, des appentis à bûches, des palissades, des séchoirs couverts à seigle et à pois… la ferme d'Agafia déborde de partout et n'en finit plus de grandir, c'est fou ce qu'il faut d'yeux et de bras pour en venir à bout. Seule, elle aurait du

* Le fameux *chatoun* sibérien, ours rendu fou par une carence de graisse qui le prive de ses instincts biologiques à la fin de l'automne. Au lieu d'une semi-hibernation à la tanière, il passe l'hiver à courir la taïga jusqu'à ce que mort s'ensuive.

mal. Ses jérémiades ne tarissent pas sur le chapitre de la santé, et quoi qu'on fasse pour changer délicatement le cours de la conversation, ça revient au galop. Agafia se défend du froid en s'habillant chaudement d'effets cousus par elle-même, et qui sont bien de son goût. Elle porte à ses pieds des bottes de feutre paysannes d'une blancheur rayonnante – un cadeau de quelqu'un – sur lesquelles le turbulent Tobik aime à se faire les dents.

A l'ermitage, les relations sociales revêtent une dimension autrement complexe que les problèmes alimentaires ou matériels.

A l'époque où le site était plus facile d'accès, j'ai bien vu débarquer une bonne vingtaine de néophytes décidés à "se poser dans la paroisse d'Agafia". Mais les relations se soldaient toujours par un échec. Les candidats étaient des paumés de la Russie actuelle qui nourrissaient l'espoir naïf de trouver ici un toit et une forme de sérénité morale. Ils déchantaient vite ! Le quotidien est rude, rude aussi la lutte permanente pour la survie au milieu d'une nature austère et ingrate, surtout pour le citadin. Tant par son caractère que par sa foi, Agafia est un être inflexible. Une semaine se passait, puis une autre, et les novices déguerpissaient sans demander leur reste.

Il y a un an et demi, j'ai trouvé là toute une communauté : une mère et sa fille adolescente, un artiste peintre à la dérive et Erofeï sur sa jambe unique. Sans vouloir me mêler des subtilités de leurs relations, j'ai senti couver la tempête. L'isolement ne fait qu'exacerber les caractères, c'est humain. Les hommes ont été les premiers à quitter le groupe, d'une manière spontanée. Le peintre de Kharkov est rentré chez lui, Erofeï a pris son fusil, son modeste barda et les trois ruches qui constituaient son unique espoir, pour aller s'installer vingt-cinq kilomètres plus loin, à l'emplacement de l'ex-base des géologues ("j'espérais survivre en toute autonomie"). Puis ce fut le tour de la mère et de sa fille, qui avant cela avaient déjà beaucoup bougé en Sibérie. De nouveau Agafia s'est retrouvée seule... L'an passé, c'est une femme entre deux âges qui est arrivée à pied, balluchon sur le dos et bâton à la main. La voyant capable de marcher par des sentes de montagne, Agafia a été conquise par sa paroissienne. Cela fait maintenant plus d'un an qu'elles vivent ensemble en partageant les tâches communes : "Nous sommes allées dans les montagnes cueillir l'oignon sauvage, nous avons ramassé des champignons, des baies, des cônes de cèdre..." Tout semble bien marcher.

Jugeant le moment propice, j'engage la conversation avec la nouvelle ermite. "Appelez-moi simplement Nadia", dit-elle en me priant de ne pas donner son nom entier. Et quand je lui demande de me parler de sa vie, elle soupire en souriant : "Vous savez, Vassili Mikhaïlovtich, j'ai commis beaucoup, beaucoup de péchés. J'ai été mariée plusieurs fois, j'ai laissé mon enfant sur les bras de mes parents. Un beau jour, j'ai compris que Dieu était mon seul salut." Dieu, c'est en Sibérie qu'elle est venue le chercher. Après avoir essayé différentes sectes et communautés, elle a choisi de trouver refuge auprès d'Agafia.

Nadia et moi parlons seul à seul. Elle ignore tout du mouvement de la vieille-foi. Elle ne connaît ni Avvakoum ni Nikon et ne sait rien du chemin de croix suivi par les vieux-croyants de la

Moskova au fleuve Amour. Cela ne trouble aucunement Agafia : “Il n’est jamais trop tard pour se convertir à la juste foi.” Ainsi cohabitent ces deux femmes qui ont grandi dans des milieux diamétralement opposés. La première année d’érémitisme partagé s’est passée “dans la peine, la concorde et la prière”, chacune s’efforçant de se plier au caractère de l’autre. Moyennant quoi Agafia reste le “patriarche” : la patronne, le chef spirituel, l’experte en toute chose et le diplomate numéro un pour les gens de passage. Il n’empêche qu’un conflit s’est fait jour entre les deux femmes, dont l’issue reste aujourd’hui incertaine.

Un beau jour, après s’être absentée quelque temps chez ses cousins, Agafia s’est trouvée bouche bée en poussant la porte de son isba. Sa masure était devenue un logis tout propret avec rideaux aux fenêtres, plancher lavé, vitres nettes, vaisselle impeccable. Ce n’était certes pas le grand luxe, mais Agafia ne savait plus quoi penser. Elle ne se sentait plus chez elle. Depuis toute petite, elle avait connu un intérieur où la suie couvrait les murs, où la hache se mêlait aux cuillères et où le pied faisait crisser des écailles de cônes et des copeaux de bois. Elle trouvait normal d’avoir la figure et la chemise noircies de charbon, ou de garder un bouillon rance d’une semaine dans une jatte, ou encore de se mettre à table sans avoir lavé ses mains écorchées. Or, là, impossible d’étaler par terre ses plants germés de pommes de terre, ou de cogner de la hache, ou de s’asseoir comme bon lui semblait. D’ailleurs, pour la vraie chrétienne qu’elle était, cela ne ressemblait à rien de vivre derrière des rideaux… Agafia, qui avait déjà séjourné en ville ou à la campagne chez ses cousins, voyait bien qu’on était mieux dans l'ordre et la propreté, mais tout son être protestait et ne demandait qu'à revenir aux habitudes d'autrefois. Nadia, au contraire, aspirait à retrouver le cadre ordonné qu'elle avait toujours connu…

Agafia était désemparée. Quatre jours ont passé sans qu'on se dise un mot. Dès qu'elle entrait chez elle, la maîtresse de maison ne savait plus où se mettre. Elle aurait bien aimé travailler à la hache mais se sentait gênée par tous ces rideaux et ces serpillières.

Enfin, la maîtresse des lieux a marqué son mécontentement par un compromis inattendu : “Je vais vivre dans la cabane aux poules.” Le poulailler n'est pas bien grand. Et pourtant Agafia y a transbahuté ses balluchons, ses vêtements, ses chaussures, ses baquets, ses outils. Elle y a monté un poêle. Une façon à elle de prendre ses aises sans sacrifier ses relations avec Nadia. Ainsi vivent-elles. Nikolaï Savouchkine, non sans humour, m'avait rapporté la situation après une courte visite rendue dans le courant de l'automne. “Pour un peu, j'aurais cherché noise à la nouvelle : avoir relégué la patronne au poulailler, franchement… A quoi Agafia s'est empressée de réagir, expliquant qu'elle était seule à répondre de son déménagement et qu'on ne devait accuser personne. On en est là.”

Comme elle gênait les poules, Agafia a pris la hache pour agrandir la cabane et vivre “à l'ancienne”, sans rompre son contrat de cohabitation avec Nadia.

On ne voit pas quel tour cela va prendre. A deux jours de notre visite, ce petit monde a vu débarquer Erofeï. Voilà qui complique un peu la donne. Le sachant malheureux et n'oubliant pas tout le bien que sa famille lui doit, Agafia lui a attribué la première des deux isbas annexes. Erofeï aussi s'est montré dubitatif mais, connaissant le caractère d'Agafia, il a préféré ne rien dire tout en lui promettant de l'aider à s'agrandir.

Avant de partir, j'ai glissé un œil dans le poulailler qui lui tient lieu de "logis". Il ressemble en tout point à l'ancienne isba des Lykov, à ceci près que les murs ne sont pas noirs de suie. Les poules vont et viennent, au hasard, d'autres sont perchées sur la couchette. Sacs et baquets jonchent la pièce, vaisselle et nourriture encombrent le poêle. J'ai trouvé Agafia travaillant du couteau de cuisine. Ici, elle se sent dans son élément.

Comme l'autre fois, j'entreprends de la faire dessiner. Elle accepte d'abord avec joie, puis se ravise : pas un coin de table où poser le papier, il nous faut alors aller chez Nadia, dans ce "salon" où les fenêtres ont des rideaux. Cessant de dessiner, Agafia se propose soudain de chanter. Je lève un sourcil étonné. Elle s'éclaircit la voix et se met à pousser un chant, puis un autre, non des prières mais des textes religieux qui exaltent la joie de vivre avec Dieu. Elle chante avec assurance, et s'en explique en disant que Dmitri, sa mère et elle-même étaient les premières voix de la famille.

Puis Erofeï me conduit à l'Erinat. La rivière est déjà prise par une glace vert clair, mais en son milieu l'eau résiste à l'embâcle et fait penser, vue de haut, à une sangsue noire à l'ouvrage.

Ici, on prend l'eau à la rivière. Elle est pure, limpide, bonne à la bouche. On fait un trou dans la glace, qu'on couvre de planches et d'un vieux sarrau, pour l'empêcher de geler. Erofeï nous dit combien l'Erinat est rétif en amont. Heureux d'être en présence d'humains, il se délecte de leur conversation comme de leur nourriture. Tantôt avec humour, tantôt en larmes ou peu s'en faut, il nous parle de sa modeste existence sur le site désaffecté des géologues. "Tout seul là-dedans ! C'est dur d'être seul, vous savez..."

Encore un tour à la rivière à la nuit tombée. Dans les ténèbres, les bruits sonnent autrement. Le trou d'eau chante, une chute de pierre gronde sur l'autre rive, bientôt étouffée dans la neige. C'est à peine si l'on entend le cri plaintif d'un petit chevrotain porte-musc, à intervalles réguliers. On dirait que le gel fait tinter les étoiles dans le noir du ciel. Et crisse sur la neige la jambe de bois d'Erofeï, qu'il a fabriquée lui-même dans un tilleul.

1999

Erofeï, ex-ouvrier foreur soviétique qui compta parmi les premiers découvreurs civilisateurs de l'ermitage, mais aujourd'hui naufragé du chaos social postsoviétique et converti à la vieille-foi.

Nadia, qui partagea pendant cinq ans la vie érémitique d'Agafia.

Nadia à Moscou en 2003,
peu après son “évasion” de chez Agafia.

De gauche à droite : Nadia, Agafia, Erofeï. "J'ai même pris la trinité au grand complet : Erofeï sur sa jambe de bois, Agafia désormais décomplexée devant l'objectif, et elle, Nadia, aux allures de femme des bois."

A TROIS DANS LA FORÊT

Ils sont toujours trois. Le temps de monter la côte de l'hélico aux izbouchkas, j'essaie de plaisanter : "Pendant qu'on est tous là, faisons plutôt un défilé d'automne pour la photo de groupe !" Muette rebuffade de Nadia. Erofeï, le moignon droit rajusté sur sa prothèse en bois de tilleul, arrange sa barbe avec un peigne. "La dernière fois, Erofeï, tu ressemblais à Raspoutine ; aujourd'hui, on dirait Karl Marx." Recommandé à Dieu par Agafia, mon vieil ami proteste : "Marx non, un vieux-croyant oui. Sans barbe, personne ne te prend au sérieux."

S'ensuit le rite de la distribution des présents. Erofeï attrape son sac de lard et se met à examiner son attirail de pêche avec la flamme d'un authentique passionné. Nadia dit merci pour les fruits secs qu'elle avait demandés dans sa lettre. Agafia est toute à sa chèvre, un cadeau des lecteurs de notre journal. Tirant sur la longe, elle va la mettre au pâtis.

Parole, on se croirait dans un temple. Les bouleaux se dressent muettement, sans frémir d'une seule brindille, irradiant la lumière blanche de leur écorce, parsemés de sapins et de cèdres qui se détachent sobrement de l'ensemble avec leurs sombres parures. L'antique pureté d'une terre vierge d'hommes. Erofeï semble lire dans mes pensées, qui me dit : “Là-haut, sur la montagne, j’ai débité un vieux cèdre en comptant les cernes à la souche, par curiosité. Eh bien, j’en ai dénombré deux cent soixante-trois ! – Et depuis combien d’années se connaît-on ? – Dix-huit !” tranche Agafia en ajoutant que j’en suis cette fois à ma trentième visite.

Elle trotte à son isba pour en ressortir avec une miche bien moelleuse qu’elle me tend à bout de bras – sans doute un visiteur l’aura-t-il initiée au rite hospitalier du pain et du sel, et elle aura fait sienne un peu tardivement cette pratique venue du “siècle”. “Comme si tu avais deviné qu’on allait venir ! – Ben non, c’est juste qu’on fait le pain une fois tous les deux jours…”

Retrouvailles obligent, on échange les nouvelles. Du reste, on en a vite fait le tour. Le plus clair des événements est lié à la météo, au potager, à la faune de la taïga. On sort d’un été mouillé qui a pourri les foins, allez savoir comment nourrir les chèvres maintenant. Une taupe a fait son apparition dans le jardin. Tamias et souris dépassent les bornes, on n’en peut plus. Et toujours, toujours un ours qui rôde dans les parages, Nadia a eu la peur de sa vie, l’autre jour, par sa faute.

Et sinon, la vie à trois ? “On fait aller…” répond Erofeï, les yeux dans le vague. Après avoir perdu une jambe et enduré bien des déboires familiaux, il espérait se faire une place ici grâce aux abeilles mais les ruches n’ont pas tenu leurs promesses. L’altitude, les froids estivaux et le manque de nectar sont autant d’entraves à son entreprise. Quatre ruches se dressent au bord de la rivière. Nous levons le couvercle de l’une d’elles, le fond est semé de butineuses mortes.

Voulant se rendre utile dans les petites choses du quotidien, Erofeï a pris sur lui d'assurer l'approvisionnement en bois de la propriété. L'an dernier, je lui ai fait parvenir une tronçonneuse *Droujba*. Avec le mal qu'on imagine, il abat, débite et fend des cèdres au bord de la rivière, puis vient livrer aux isbas les bûches en sacs. Il possède aussi un petit potager à part : pomme de terre, navet, carotte. Pas facile, pourtant, de bécher la terre sur une jambe de bois. La parcelle est devenue la proie des mauvaises herbes. Résultat, rien à récolter pour l'hiver. "Des carottes grosses comme des queues de souris, et des patates comme de la grenaille, tout juste bon à charger le fusil !" plaisante l'ancien foreur des entrailles de la terre avec un sourire triste en montrant son jardin.

Chez Nadia, qui s'apprête à passer ici son troisième hiver, les choses se présentent mieux. Belle récolte dans un jardin exemplaire. Elle s'est même arrangée pour faire venir à ses fenêtres des melons gros comme des œufs de poule et des tomates fraîchement mûres. J'ai sorti un seau de ce fruit des pays chauds pour signer une photo exotique : des pommes d'amour rouges sur fond de neige blanche.

Nadia (une enfant de la ville !) a parfaitement assimilé les règles de la taïga. Elle bat la montagne le fusil à la main. L'autre jour, elle a tué une bonne dizaine de gélinottes, elle sait faire les foins et les descend des herbages par une pente qui ne se laisse pas dévaler si facilement, même sans foin sur le dos. Avec Agafia, en automne, elle surveille le barrage à poisson. Chaque jour, matin et soir, elle sort l'ombre des filets et des nasses, et le porte aux isbas dans un baquet d'écorce.

Même succès du côté des tâches ménagères. Le pain qu'elle cuit est fameux. Il y a tout à parier qu'on n'en trouvera pas d'aussi bon à Moscou. L'explication tient dans l'excellente qualité de cette farine de blé dur cultivé dans l'Altaï et la Khakassie, alors que les boulangers moscovites utilisent une espèce de "coton" qui rend le pain infect.

Mais c'est Agafia qui reste aux commandes. Elle a maintenant cinquante-cinq ans. Nadia, qui en a quinze de moins, l'appelle *ma mère* à la façon des nonnes. "Matouchka !" Et, sur le fond comme sur la forme, on voit bien que cela plaît à l'intéressée qui joue dans la communauté le rôle du père Lykov de son vivant : celui de chef dont l'avis vaut décision. "P'tit papa ne ramassait pas les pommes de terre", raconte Agafia. Elle aimerait tenir ce rôle-là, cela se sent. Mais ce n'est pas possible, il lui faut trimer avec les autres tout en gardant le "commandement" des opérations d'une main ferme, inflexible, lykovienne. "Faut-il que moi aussi je t'appelle Matouchka ?" lui demandé-je. Elle me renvoie un sourire énigmatique. Je poursuis : « A condition que tu m'appelles père Vassili..." Cela sonne drôle et Agafia en rit. Je l'ai toujours appelée Agafia, du jour de notre première rencontre. Elle ne marque aucune objection mais force les autres, dont Erofeï, à l'appeler respectueusement "Agafia Karpovna".

Les sachant tous les trois au cœur de la taïga, on imagine de loin une "sainte trinité" nageant dans l'harmonie et la piété. Mais qui dit groupe humain dit aussi, hélas, conflit de caractères et d'habitudes, sympathie, antipathie, lutte pour la suprématie. Tout en souhaitant voir quelqu'un vivre aux côtés d'Agafia, j'ai toujours évoqué le risque de cette "incompatibilité psychologique" mise en évidence par tant d'expéditions, et qui exacerbe les intolérances jusqu'à des extrêmes tragiques. Je voyais bien, à force d'observations, qu'au bout de deux ou trois semaines les "paroissiens" d'Agafia décampaient dare-dare vers le "siècle" d'où ils étaient venus, et sans demander leur reste. "Bancroches de l'esprit !" criait-elle. "Ça mange des conserves et ça se dit croyant, non mais voyez-moi ça !"

Une fois ici (venue à pied, s'il vous plaît, et non tombée du ciel en hélicoptère), Nadia s'est pliée aux rigidités du caractère lykovien et aux rigueurs sectaires de la foi. Mais je sens bien, à entendre les uns et les autres, qu'on ne file pas ici le parfait amour. Tous s'en plaignent à tour de rôle, Agafia disant que Nadia n'obéit pas en toute chose, ne fait pas tout ce qu'on lui demande et contredit même la matouchka sans en avoir le droit ; Nadia rétorquant qu'"Agafia est têtue, souvent injuste et despotique" ; et Erofeï mettant moins d'ardeur qu'auparavant à louanger la supérieure bien qu'il lui fasse crédit de son aptitude à tout faire sans jamais perdre le moral. J'ai cru comprendre que le conflit était plus aigu entre les femmes. A l'autre de louvoyer comme il peut entre elles deux sans choisir clairement son camp, ce qui ne marche pas à tous les coups et lui vaut souvent d'en voir des vertes et des pas mûres.

Après les avoir écoutés tous les trois séparément, je me suis dit que chacun avait peut-être raison à son façon. Mais, le destin ayant réuni leurs malheurs, ils finissent toujours par se réconcilier bon gré mal gré. Ils ne vivent pas en famille mais en voisins, chacun dans son isba, chacun faisant son pain (Erofeï approvisionné par Nadia), chacun cuisinant dans son coin. Les poules vont picorant dans des enclos séparés, on se couche et on se lève à des heures différentes. Ce sont les tâches de survie qui, bon an mal an, réconcilient tout le monde. Car on ne peut faire le travail tout seul. Matin et soir, oubliant leurs querelles, Agafia et Nadia vont au barrage à poisson (elles y passent parfois la nuit, dans une cabane). Le potager et les efforts requis par la conservation de la récolte contribuent aussi à émousser les discordes. Sans parler des prières, bien sûr, les deux femmes partageant les leurs, et Erofeï faisant les siennes (avec plus de mollesse) de son côté.

Ainsi va la vie. On se souvient qu'Agafia, excédée par la remise en ordre de Nadia dans l'isba commune, s'était installée de son plein gré sous le toit à poules où je l'avais trouvée lors de ma précédente visite. Elle a chassé les poules maintenant mais n'en est pas moins très à l'étroit, aussi se dit-elle fermement résolue à construire une autre isba (la quatrième). J'ai bien essayé de l'en dissuader en y mettant toutes les douceurs possibles ("vois la difficulté que j'ai eue à venir jusqu'à toi en hélicoptère..."), mais elle ne veut rien savoir. J'ai dit construire, un point c'est tout ! "Mais vous avez déjà trois isbas chauffées pour trois..." J'ai dit construire, un point c'est tout ! De l'Agafia tout craché.

Sans aide extérieure, il n'y a pas de vie possible à l'ermitage. Une aide qui se fait envers et contre tout. Consciente désormais de la force de la parole imprimée (de là vient qu'elle a lâché du lest et consent de plus en plus à se faire photographier), elle me prie d'écrire à Vladimir Makouta, le maire de Tachtagol. L'homme est déjà passé plusieurs fois en se rendant aux Sources chaudes de l'Abakan, en compagnie de mineurs, et ne manque jamais une occasion de lui laisser un petit quelque chose : farine, fourrage combiné, bottes de foin pour les chèvres, friandises. Je ne le connais pas personnellement, mais elle en dit autant de bien que de Nikolaï Savouchkine : “Un homme fiable et généreux !” Ce qui ne l’empêche pas de se moquer d’un nom de famille aussi singulier : “Makouta…” A ce mot, elle sourit. Le plus beau nom qui soit, à son goût, reste celui des Lykov.

Quand on s’est tout dit, j’éteins la mèche de la lampe et palpe à la lumière d’une torche les sacs d’herbes sèches qui encombrent le poêle juste au-dessus du lumignon. Un fagot tombe pile sur le réservoir à huile où l’instant d’avant flambait encore la mèche. “Il suffit qu’un chat saute en frôlant ces sacs de la queue, et c’est l’incendie. Imagine un peu dans quelle situation tu seras si ça se produit en hiver ! En dix minutes, tout brûlera. – Que Dieu nous en garde…” dit Agafia en allumant sa mèche sans même recaler le tas branlant de sacs d’herbes. Je lui parle des incendies, qui surviennent là où on les attend le moins. Je constate alors qu’elle est au courant de tout, de la tour d’Ostankino*, de la Tchétchénie, du sous-marin *Koursk***. C’est Erofeï qui fait son “instruction politique”, l’oreille collée à son transistor qui grésille dans le sas d’entrée (“jamais dans l’isba, interdit par Agafia pour cause de péché”). J’en rajoute encore sur la calamité du feu. “Que Dieu nous en garde…” me répond Agafia.

2000

* Plantée au nord de Moscou depuis 1967, cette tour-antenne de 540 m a subi un incendie partiel le 27 août 2000 à 460 m de hauteur. Trois étages ont brûlé, trois personnes ont péri.

** On se souvient que le sous-marin atomique *Koursk* a péri le 12 août 2000 en mer de Barents sur le 69e parallèle avec 118 hommes à son bord.

QU'IL FAIT BON D'ÊTRE ASSIS LA !...

Trouver un hélicoptère qui vous conduise à l'ermitage n'est pas des plus faciles par les temps qui courent. J'attendais l'automne, que les militaires procèdent à un tir de *Proton*, car alors ils iraient effectuer des prélèvements dans la zone d'expulsion du deuxième étage en quête d'effluents d'heptyle, dangereux poison. Pour peu qu'une autre occasion se présente avant le tir, j'avais toutes les chances d'être débarqué chez Agafia, puis repris deux ou trois jours plus tard par l'hélico des experts militaires.

On a annoncé que le premier hélicoptère devait partir d'Abakan. Je m'y suis donc rendu (une nuit sans dormir), mais pour apprendre sur place que le départ serait donné de Gorno-Altaïsk. A mille quatre cents kilomètres de là, tout de même. Avec Guennadi Deviatkine, directeur de la Colonie forestière des Lykov – un parc naturel récemment créé* –, nous décidons d'y aller illico

* En 1999 fut créée la Réserve naturelle de Khakassie à des fins de protection de la nature, de lutte contre le braconnage, etc. Cet immense territoire de plus de 267 000 ha est divisé en huit parcs ou zones protégées, dont la plus importante est la Colonie forestière des Lykov (Zaymka Lykovykh) désormais consacrée par les cartes officielles, d'une superficie de 142 441 ha.

en voiture. Guennadi étant novice au volant, c'est au chauffeur Ivan Souvorov qu'échoit la rude mission d'avaler la distance au plus vite. Un garçon aussi plein d'égards que le Saviélitch* de Pouchkine.

Nous partons de bon matin, passons la journée à rouler, puis la nuit, et entrons dans Gorno-Altaïsk à l'aube du lendemain. Le brave Souvarov a tenu bon, à peine s'est-il accordé une demi-heure de sommeil à Srostki, où naquit et vécut Choukchine. Nous nous sommes arrêtés en route pour manger un morceau et nourrir les poules qui, au bout de vingt-quatre heures passées dans leurs cages de carton, nous ont pondu chacune un œuf.

Une première journée se passe à Gorno-Altaïsk sans que l'hélicoptère ne puisse décoller, du fait des mauvaises conditions météo, le temps pour nous de refaire le plein de sommeil, d'acheter une chèvre et quelques provisions pour le cas où nous serions retenus dans les montagnes. Mais nous voilà bientôt dans les airs, et l'atterrissage se fait sans encombre en ce lieu familier pris entre deux montagnes où se faufile une rivière au cours impétueux.

Au matin, nous entendons le grondement caractéristique : boum ! boum ! boum ! La fusée de Baïkonour est mise en orbite, ce dont Agafia s'empresse de nous informer, craignant que nous n'ayons manqué la détonation dans notre

A noter que cette nouvelle organisation va tendre à bureaucratiser les échanges entre Agafia et le monde extérieur, comme on va le lire.

* Saviélitch, pathétique serviteur campé par Pouchkine dans son roman *La Fille du capitaine*, personnification d'un dévouement sacrificiel.

sommeil. “Agafia, en quelle année sommes-nous d’après ton calendrier ?” A quoi la chroniqueuse émérite de la communauté des Lykov répond du tac au tac : “7508 après la création du monde.” Il n’a pas fallu plus longtemps pour en arriver aux *Proton* et aux hélicoptères !

Notre hélicoptère doit venir le jour du tir pour les prélèvements de plantes et de terre à portée d’impact du deuxième étage. Mais tout semble indiquer qu’il ne viendra pas. La cime des montagnes s’embrume. D’abord mordorée par le soleil, la forêt pâlit. Il se met bientôt à floconner comme dans l’opéra *Eugène Onéguine*, non sans poésie peut-être mais si mal à propos.

En bonne ménagère, Agafia n’est pas décidée à laisser moisir autant de forces fraîches. Et nous voilà déterrant pommes de terre, carottes, betteraves, navets et radis. Après avoir nettoyé le tout de la terre et des fanes, nous entreposons la récolte dans des fosses tapissées de ramures de sapin. Quand toute la pomme de terre sera arrachée et entreposée dans des caves (fosses plus profondes celles-ci), on la recouvrira de légumes. Le travail va grand train, pour la joie de la “trinité”. Nous sommes cinq, sans compter Erofeï. Le cinquième est l’artiste peintre Sergueï Oussik qui, il y a deux ans, a passé un hiver ici par suite d’un naufrage personnel et qui est revenu voir les lieux de sa reconstruction, non pas en hélicoptère mais à pied à travers les montagnes et dormant sous les cèdres à la belle étoile. Equilibré, généreux, efficace, ce garçon aguerri depuis tout petit à la taïga du lac Baïkal se sent là comme un poisson dans l’eau et jouit du respect de tous les habitants de l’ermitage. Avec

Guennadi, une fois le jardin fait au pas de charge, ils terminent à deux haches, quatre bras, la construction d'une cabane à poules qui restait inachevée, puis entreprennent de monter dans les isbas les bûches apprêtées par Erofeï en bas, au bord de la rivière. Eu égard à mon âge, on me laisse à des tâches "idéologiques" en me permettant de causer avec la "trinité", seul à seul d'abord, tous ensemble ensuite.

Trois jours de passés, et toujours pas d'hélicoptère. Il est d'ailleurs évident qu'il ne viendra pas de sitôt : dans l'isba de Nadia, l'aiguille du baromètre s'est couchée à gauche toute. Au jaune automnal du relief s'ajoutent les pittoresques chapeaux blancs des premières neiges. Impossible d'en détacher le regard tant cela est beau. Mais on préférerait partir. Nous tendons l'oreille au moindre bruit… "Non, c'est le torrent…"

Au quatrième jour, nous commençons à comprendre que nous risquons d'hiverner sur place. Ayant prévu pareille éventualité, j'avais laissé un mot au rédacteur en chef de mon journal : "Si je ne suis toujours pas de retour à la mi-octobre, passez un coup de fil à Aman Touleyev, il saura me tirer d'affaire."

Pour autant, nous ne nous laissons pas abattre. Quand tout notre stock de bonnes blagues est épuisé, nous entamons une série de veillées dans l'izbouchka d'Erofeï. Un certain soir, Agafia déroule le fil de ses souvenirs de famille : "Les dernières années, nous avions faim tous les jours. Nous mangions de l'herbe, grattions l'aubier des bouleaux sous l'écorce. Nous faisions un pain de pomme de terre, tout noir, tenez, comme la botte d'Erofeï…"

Il n'y a rien dans la bibliothèque locale que des livres d'apiculture, les mémoires de Touleyev (dédicacés à Agafia) et un magazine auto qui fait bizarre en ce lieu. Pour tuer le temps, les hommes ne cessent de monter des brassées de bûches, puis nous faisons des excursions le long de la rivière, dans un sens et dans l'autre. Nous observons Agafia et Nadia qui débarrassent de ses feuilles mortes la grille du barrage à poisson, et remettent à l'eau de petits ombres gros comme le pouce, piégés dans les nasses et les filets. Plus en amont, nous atteignons d'abruptes parois rocheuses. Dans un amoncellement de feuilles d'automne qui fait bouchon en travers du cours d'eau, nous découvrons un bidule de métal argenté noyé dans l'écume tourbillonnante – un petit morceau de ce qui reste du deuxième étage de *Proton* après déflagration. C'est fou ce qu'il y a de débris éparpillés dans la taïga. Je sais d'après les photos que des chasseurs ont trouvé des réservoirs aussi gros que l'isba d'Agafia...

Toujours pas d'hélicoptère. Agafia, qui bien sûr renonce à la "nourriture du siècle", nous apporte des vivres du pays : des poissons fraîchement pêchés, une dizaine d'œufs et, pour goûter, un peu du lait de la nouvelle chèvre.

Nous dînons à la lumière d'une lampe à huile. Guennadi lance alors en riant la phrase fameuse "Qu'il fait bon d'être assis là* !" Mais derrière le rire il y a l'angoisse : pour combien de temps encore ?

* *Qu'il fait bon d'être assis là !* est le titre d'un film culte sorti en 1986, du réalisateur Munid Zakirov, dans le genre de l'aventure soûlographique. Il fit près de 25 millions d'entrées en Union soviétique l'année de sa sortie.

Or, une nuit, l'eau gèle dans le seau qui est rangé à l'entrée de l'izbouchka, le baromètre tressaille, et j'aperçois des étoiles dans le ciel comme à travers une brume gazeuse… Mais au matin l'air se réchauffe à nouveau, et re-flocons. "Comme il fait bon d'être assis là !" se dit-on au petit-déjeuner en guise de salutations. Nous planifions le travail de la journée et commençons à nous outiller quand Sergueï fait soudain irruption dans l'isba, une hache à la main. "L'hélico !!!" On a peine à le croire. Je porte la main à l'oreille : si ! Ceux qui, géologues, topographes ou bûcherons, ont déjà attendu un hélicoptère en automne comprendront notre réaction. Et pourtant, nous n'aurons guère attendu que cinq jours…

Photo de groupe avec les pilotes et les experts. Agafia se place au beau milieu en tenant les doigts en croix pour se justifier devant Dieu des bêtises auxquelles elle sacrifie. Puis vient le moment des adieux, à la hâte, avec chacun de ceux qui restent.

Nous volons, récompensés de nos peines par la mer jaune de la taïga émaillée de cèdres et de sapins bruns. Qui n'a pas vu pareille splendeur automnale dans le massif des Sayan ne connaît pas la beauté du monde.

2000

NOUVELLES D'HIVER

Il est passé à Moscou en coup de vent au début du mois de février, en transit pour Kharkov, portant la barbe et sentant la taïga. Je l'avais croisé plusieurs fois chez Agafia Lykova sur la rivière Erinat : Sergueï Oussik, artiste peintre, le propriétaire du fameux télescope grâce auquel nous avions "étudié" la Lune avec Agafia. En juillet dernier, le sac sur le dos, par des sentes à peine visibles, il avait marché trois cents kilomètres du lac Téliétskoïé à la rivière Abakan en un peu moins de deux semaines. Puis six mois de séjour forcé chez Agafia, faute d'une occasion pour rentrer. Deux hélicoptères se sont bien posés pendant ce temps-là, mais Sergueï, courant alors la forêt, n'a pu en profiter pour partir. L'occasion vient seulement de se présenter. Il m'apporte une longue lettre d'Agafia et me conte les nouvelles de l'Erinat.

Comme toujours, Agafia écrit en "lettres d'imprimerie" slavonnes, l'écriture médiévale. Dans la mesure où elle a pu prendre tout son temps, elle s'est "épanchée" sur quatre pleines pages noircies recto verso. J'ai maintenant la missive sous les yeux et je demande à Sergueï les précisions qui me manquent.

Elle commence par se plaindre des petites misères de tous les jours, comme à son habitude.

L'année passée ayant été pluvieuse, on n'a pu rentrer toutes les récoltes, même avec l'aide la plus précieuse de Sergueï. On s'est retrouvé à court de farine et il a fallu qu'Agafia use de son ultime recours par une lettre à Aman Touleyev. Un hélicoptère n'a pas tardé à se montrer, qui ramenait des mineurs et des chasseurs des Sources chaudes, avec à son bord Vladimir Makouta, maire de Tachtagol, venu livrer le nécessaire à la demande du gouverneur, et profitant de l'occasion pour voir les choses sur place de ses propres yeux.

Autre contrariété, les trois habitants de l'Erinat (Agafia, la Moscovite Nadia, d'ores et déjà acclimatée à la taïga, et Erofeï) ont été privés de lait. Une vieille blague dit peut-être qu'on aura beau traire un bouc, il ne donnera jamais de lait, mais ce n'est qu'en partie vrai. Sans le bouc (achevé par Agafia à force de médicaments), les quatre chèvres n'ont pas mis bas et leur lait a tari. Sur quoi le nouveau gouverneur de l'Altaï, Mikhaïl Lapchine, est venu rendre visite à Agafia en faisant le tour des apanages montagneux et forestiers de son fief, lui apportant du même coup (préalablement informé des besoins de l'ermitage) des billes de bois pour le plancher de l'izbouchka, de la farine et, surtout, un bouc en pleine forme. Il semble maintenant que les ermites aient tout le nécessaire.

Au chapitre des nouvelles, la principale est qu'on a trouvé par deux fois des empreintes d'once à proximité des habitations. (Voilà qui pourra intéresser les zoologistes parce que l'once ou léopard des neiges – *Uncia uncia* – est un félin rarissime.) Comme toujours, un ours a mis son nez dans le domaine, abattant un garde-manger sur double pilotis mais n'osant pas s'en prendre aux chèvres.

La monotonie du quotidien a été marquée par une vilaine maladie due à une plante supposément médicinale qu'on ne connaissait pas assez bien. Laissant le domaine aux soins d'Erofeï, Agafia et Nadia sont parties dans les montagnes cueillir des cônes de cèdre et des baies. Là-haut, elles ont décidé de prendre un remontant sous la forme d'une certaine décoction de vulnéraire. Soit que le remède n'ait pas convenu, soit qu'on ait trop forcé sur la dose, le résultat est que Nadia n'a pu se relever et qu'Agafia a dû passer plusieurs jours à son chevet. "Nos provisions épuisées, on ne mangeait plus que des champignons et des fruits des bois." On peut penser qu'à partir de maintenant les filles de la taïga passeront leur chemin devant les vulnéraires. Agafia a même fini par renoncer aux médicaments ! Non qu'elle ait prêté une oreille attentive à mes mises en garde sur le risque qu'elle prend à avaler tout ce qu'on lui donne, mais parce les boîtes sont désormais frappées d'un "signe diabolique" (le code-barres). Cette histoire fâcheuse de décoction autorise maintenant Agafia à prodiguer des conseils. Elle m'écrit : "Vassili, les herbes et les racines aussi requièrent le sens de la mesure. Surtout, ne rien consommer plus qu'il n'en faut."

Sergueï : "La vie à l'ermitage est toujours aussi monotone. Ma plus grande distraction était de passer plusieurs jours à courir la taïga, photographiant, cherchant à rencontrer des animaux sauvages... mais je n'ai vu que des empreintes."

A l'ermitage, il y a toujours quelque chose en chantier. Sergueï a charpenté une petite étable à chèvres. Dans le "salon" d'Agafia, il a posé un plancher solide grâce aux billes de pin apportées de l'Altaï. Elle-même a démonté son poêle et l'a repositionné différemment. Tout le monde s'y est mis pour dresser le barrage à poisson sur l'Erinat, si maigre qu'ait été la pêche. Porté par une forte crue automnale, l'ombre passait allègrement par-dessus. "Une bien morne année en vérité, m'écrit Agafia. Ni lait ni poisson. Il a même fallu économiser le pain."

Sergueï s'est vu préposé au stockage du foin pour les chèvres. Pour cela, on est allé au "vieux gîte", c'est-à-dire à l'izbouchka où la famille avait vécu cachée dans la taïga pendant plus de trente ans. "La cabane est toujours en place, et le potager se laisse envahir par les épilobes et des bouleaux de la grosseur d'un bras. Les croix sont toutes tombées sur les tombes. Curieusement, cela n'a pas chagriné Agafia : «Que la taïga les reprenne...» L'izbouchka exhale toujours cette vieille odeur si «lykovienne». Quand on a ranimé le poêle, un magnifique papillon à peine éclos de son cocon a surgi des ténèbres et s'est mis à voleter à la fenêtre. Agafia l'a lâché à l'air libre en disant : «On a tous envie de vivre.»"

L'été avançant, le stock de foin a grandi. Il a fallu attendre la neige pour le transporter à skis. "La distance n'est pas mince : dix kilomètres par les montagnes, puis autant au retour avec les balles de fourrage. Avec Agafia, nous avons fait quinze voyages. J'ai remarqué qu'elle se sentait mieux à travailler dans la taïga qu'à rester chez elle : elle plaisante et revient infatigablement à mille souvenirs. Nous avons passé plusieurs nuits ensemble à bivouaquer autour d'un feu. Je suis peut-être un vieil habitué de la taïga, mais Agafia est là dans son élément naturel. Merci au destin de m'avoir permis de les aider tous les trois. Citadine née, Nadia lutte pour s'acclimater à la vie sauvage. Quant à Erofeï, il vit un enfer sur sa jambe de bois. Le martyr, à présent, c'est lui. Il est incapable de faire sa place dans le monde d'aujourd'hui. Son boulot, c'est le bois : scier, fendre. Mais allez faire ça sur une prothèse !..."

J'apprends par la bouche de Sergueï, et je m'en réjouis, que la "taïguéenne trinité" vit maintenant dans une meilleure entente et que les rapports humains se sont quelque peu radoucis. Baptisée par Agafia, Nadia a reçu le nom d'Ouliana et continue d'appeler sa marraine *ma mère*, matouchka. (La matouchka a cinquante-huit ans cette année.) On vit encore chacun de son côté en faisant basse-cour à part, mais c'est ensemble qu'on travaille, qu'on prie et qu'on partage parfois le repas. A l'occasion de la fête de Noël, cette année, les femmes ont organisé une sorte de réveillon commun. "Erofeï et moi à une table, Agafia et Nadia-Ouliana à une autre. C'était pomme de terre et poisson (des réserves de l'automne), radis, le tout arrosé de jus de myrtille et de bouleau, après quoi nous avons grignoté des graines de cône, sur fond de causerie douce. Bref, un vrai Noël..."

La conversation, avec Agafia, tourne principalement autour de la santé. Là-dessus, elle ne tarit pas. Comme précédemment, elle associe ses chances de soulagement aux Sources chaudes où elle aimait à se rendre tous les ans quand les hélicoptères étaient plus fréquents. Or, ces quatre dernières années, aucune occasion d'aller et retour ne s'est présentée avant cet hiver où des mineurs partant pour une cure ont fait le crochet par chez Agafia. "En moins de temps qu'il n'en faut pour le dire, nous avons chargé l'hélico de bois de chauffage, de cliques et de claques, et de victuailles pour trois semaines. C'est à bord de cet engin que je me suis moi-même soustrait aux étreintes de l'Erinat. Agafia sera reconduite par l'hélicoptère du retour avec les autres curistes."

— Comment as-tu fait pour tenir six mois là-haut ? demandé-je à Sergueï.

— J'ai grandi dans une taïga autrement rude que celle-ci, du côté d'Irkoutsk. C'est une existence peut-être un peu morose, mais, quand je ne travaillais pas, j'allais courir la vallée soit en amont, soit en aval, parfois pour une semaine et davantage. Je dormais sous les sapins, près d'un feu, à la belle étoile. Dessins, photos, je m'occupais… Je reviens à la ville avec joie. Mais je la quitterai avec la même joie dès que j'aurai gagné assez de sous pour un prochain voyage. Je vis par vagues et ça me plaît

2003

LES FUGUEURS DE LA TAÏGA

Surprise : une femme a quitté la taïga pour rentrer chez elle, à Moscou, auprès de sa mère, de sa fille et de sa petite-fille, après avoir partagé pendant cinq ans la solitude d'Agafia Lykova.

Nous avions fait connaissance l'année même de son installation à l'ermitage. D'où venait-elle ? Et pourquoi ici ? Etait-ce pour longtemps ? A toutes ces questions elle m'avait répondu laconiquement : "Vassili Mikhaïlovitch, appelez-moi Nadia. C'est toute une histoire. J'ai beaucoup péché. Après, j'ai ouvert les yeux. Je suis donc partie pour la Sibérie en quête de Dieu, ou plutôt de moi-même. J'ai vu toutes sortes de choses. Finalement, j'ai décidé de me poser ici…" Je ne tenais pas à lui tirer les vers du nez, pensant que la "paroissienne" ne s'accrocherait pas longtemps : pour un citadin, vivre en ermite dans la taïga n'est pas une sinécure. J'en avais vu plus d'une dizaine craquer avant elle. Au bout d'une ou deux semaines, ils décampaient avec le premier hélico venu.

Mais Nadia a fait son trou. Elle s'est pliée au caractère rugueux d'Agafia, aux rigueurs de la foi, et s'est insérée dans un mode d'existence qu'on ne saurait qualifier autrement que de lutte pour la survie. Peu diserte avec les visiteurs d'un jour, elle s'est toujours montrée franche avec moi.

Plusieurs fois je l'ai photographiée aux côtés d'Agafia, au jardin ou à la pêche, dans la taïga avec un fusil. J'ai même pris la trinité au grand complet : Erofeï sur sa jambe de bois, Agafia désormais décomplexée devant l'objectif, et elle, Nadia, aux allures de femme des bois.

Il n'avait jamais été question de vivre en cellule communautaire. A chacun sa maison, trois izbouchkas, trois petits potagers, chèvres et poules séparées, prières séparées, mais certaines tâches se faisaient conjointement comme pêcher ou bûcher. Je tenais ce mode de partage pour inévitable et même souhaitable, cela donnait moins de disputes, de frictions et de chamailleries, moins de lassitude aussi. Ce qui n'empêchait pas l'exacerbation des rapports, isolement oblige, comme le savent parfaitement les psychologues qui s'intéressent aux petits groupes coupés du monde – stations spatiales, bases polaires ou même avant-postes forestiers.

Côté femmes, les deux s'étaient plaintes à mon oreille. Nadia, avec retenue, Agafia, avec flamme ("On en vient souvent aux grands mots !"). Impossible ici de départager les torts, chacune ayant raison à sa manière. Agafia pouvait donner de la voix, taper du bâton à terre, tandis que Nadia préférait se retirer dans les bois pour un jour ou deux "pour être un peu seule". Erofeï ne se mêlait pas de ces "histoires de bonnes femmes" pour ne pas être "pris entre deux meules". Voyant cela, je me disais que la petite allait bientôt mettre les bouts. Mais Sergueï Oussik, l'artiste peintre de Kharkov, m'avait rassuré. "Elles ont fait la paix." Ce que j'avais mis sur le compte de la douceur de caractère de Sergueï qui était de toutes les besognes.

Or, il y a deux semaines, coup de fil de Sergueï : "Nadia et moi avons quitté la taïga. J'ai attendu un hélicoptère une bonne moitié de l'été, mais rien. Alors j'ai décidé de partir à pied. Et voilà Nadia qui me dit : «Je te suis !» – Où est-elle à présent, Nadia ? – A mes côtés."

On se demande où se voir. Nadia me dit : "Au pied du monument Pouchkine, on ne risquera pas de se rater."

Le monument, nous y sommes. J'ai quelque peine à reconnaître l'anachorète de la taïga : "C'est que tu fais deux fois plus jeune !" Compliment repoussé d'un geste poli, mais Nadia a bien conscience de n'être plus la même. "Comment as-tu trouvé Moscou ? – Oh ! la tête m'en tourne… je ne reconnais pas tout… et, au fond de moi, je ne suis pas encore vraiment sortie de la taïga…"

Deux heures durant, Nadia, Sergueï et moi causons devant Pouchkine, les coudes sur une table à parasol. Cette fois, elle se livre volontiers. Née en 1961. Son nom de famille est Boukina. Etudiante, elle a fait partie de l'équipe nationale junior de handball. Grâce aux compétitions, elle a parcouru le pays en long, en large et en travers. "En 1991, débâcle familiale. Je me suis demandé ce que je faisais en ce monde. En quête de Dieu, je suis allée jusqu'en Inde : Madras, Bombay." Là, un vieux sage l'a éclairée : "C'est dans la solitude que tu trouveras le remède à tes maux."

La solitude ? Nadia est donc partie pour la Sibérie avec sa fille. "J'ai fait le tour des sectes. Ma fille Anna s'est retrouvée accouchant d'une enfant dans la communauté de Zayatchia Zaïmka*,

* Village de vieux-croyants situé dans les contreforts de la crête de la Byia entre l'Altaï et la Choria, non loin de la localité d'Altamach (district de Tachtagol, région de Kemerovo).

mais elle n'a pas souhaité vivre dans la taïga. Elle a laissé le bébé au papa de la petite, un vieux-croyant, et s'est rendue chez sa grand-mère à Moscou. Après, j'ai rejoint Agafia à pied, avec des guides. Cinq ans de vie passés là-bas… – Ce qu'était votre vie, je l'ai vu moi-même. Mais comment as-tu décidé de quitter la taïga ? – On ne peut pas tout dire. Je me suis attachée à la taïga et je n'ai pas plié face aux difficultés. Mais l'isolement est une chose singulière. Quand on ne peut «lâcher la vapeur» sur personne, on s'en prend à son prochain. Je n'accuse ni Agafia ni moi-même. Simplement, c'est une rude gageure de vivre à deux ou à trois «Partir», l'idée a commencé à me trotter dans la tête, jusqu'au jour où j'ai reçu une lettre de maman : «Ma petite Nadia, je risque de mourir sans t'avoir revue…» Ma fille aussi m'écrivait qu'elle s'ennuyait de son enfant. Je m'en suis ouverte à Agafia. La première fois, elle n'a rien dit. Mais je voyais bien que ça la tracassait. Trois jours plus tard, je l'entends qui m'annonce d'un ton péremptoire : «Tu n'as pas ma bénédiction pour partir. – C'est ma mère qui m'appelle», que je lui fais. Là, elle n'a pas su quoi me répondre. J'ai craqué au moment où je m'y attendais le moins. Quand Sergueï a décidé de quitter l'Erinat à pied, un éclair m'a traversée : «Avec lui !» Je lui en ai parlé, il n'a rien fait pour m'en dissuader. Le soir, j'ai préparé un sac en bandoulière avec de la nourriture et tout le nécessaire. Nous sommes partis avant l'aube pour éviter des adieux pénibles. J'ai laissé sur la table un mot gentil pour Agafia en la remerciant de son hospitalité, disant que je ne lui en voulais pas et que je lui demandais pardon. Seul P'tit-Tube a lâché un jappement anxieux quand nous avons entamé la montée dans le brouillard…"

Sergueï : "Nous avons marché par une taïga sans piste. Pas facile. Mais nous ne pouvions pas nous perdre : il suffisait de monter sur le premier relief venu pour voir si nous étions sur la bonne route ou non. Dix jours de marche. Nous dormions sous les cèdres en faisant la soupe sur un feu de camp. En chemin, nous avons vu des tétras, des gélinottes, un ours et deux marals. Nadia est une sacrée marcheuse, elle n'a pas poussé une plainte..."

— Cinq années dans la taïga... Que dirais-tu d'une expérience aussi singulière ?

— Oh ! j'ai beaucoup appris ! Je suis une enfant de la ville. Avant, j'avais même peur des forêts proches de Moscou. Chez Agafia, les premiers temps, je n'allais pas plus loin que la rivière. Mais j'ai fini par surmonter ma peur, il m'est arrivé de passer deux ou trois nuits dans les bois pour chercher des champignons, des baies, du foin, des herbes à tisanes. Je suis devenue bientôt chasseuse alors que je n'avais jamais tenu un fusil. Je tuais une bonne quarantaine de gélinottes par an. Un jour, j'ai attrapé un chevrotain avec un piège à mâchoires. J'ai appris à bivouaquer, à pêcher, à jardiner, à manier la hache et la scie, à traire les chèvres et à faire leurs foins, à panser les poules.

J'ai vu le danger en face : un jour que je pêchais, je suis tombée sur une ourse à dix pas de moi... Et j'ai appris la patience. Quand on vit seul avec une personne qui possède un mode de fonctionnement différent, c'est une qualité indispensable. J'ai appris à ravaler mes caprices : en mangeant une assiette d'orge perlé bouilli sans beurre ni huile, je me disais que je n'y aurais jamais touché auparavant du bout de la cuillère. Pour le pain, en revanche, Agafia et moi avons fait des merveilles. Mieux qu'à Moscou ! Ce qui me manquait le plus ? Les gens ! Je m'ennuyais de maman, de ma fille, je songeais à ma petite-fille qui grandissait quelque part…

— Que ressens-tu maintenant que tu es rentrée à Moscou ?

— Du soulagement, surtout. On dira ce qu'on voudra, mais les gens doivent vivre parmi les gens. Ma fille travaille à Moscou, elle a une belle situation. Je suis allée en Sibérie chercher ma petite-fille qui vivait chez son autre grand-mère dans la taïga. Au début, la petite ne voulait pas de nous. Mais grand-mère-taïga a su trouver les mots qu'il fallait, et maintenant nous sommes tous réunis.

— Heureux ?

— Je ne sais pas. Mais j'ai l'impression que c'était écrit.

— D'après toi, que s'est-il passé le matin où Agafia a compris qu'il y avait désormais un habitant de moins au domaine ?

— Ben… Agafia aura couru à l'isba d'Erofeï pour lui montrer mon message. Et l'autre aura répondu en se grattant la barbe : Je te l'avais bien dit…

— Comment vont-ils maintenant ?

— Comme d'habitude, je pense. Le jardin a bien donné cette année. Les chèvres font leur lait, les poules pondent leurs œufs… Mais la vie est rude, bien sûr. Elle malade et lui unijambiste…

— Nadia, et si l'envie te prend d'y retourner ?

— Pour y vivre ? j'en doute. Mais pour une simple visite, ça oui, il faudra absolument que j'y aille quand tout s'arrangera. Je garderai toujours dans un coin de mon cœur une place pour Agafia, Erofeï, les montagnes, la rivière, les cèdres. Ce n'est pas rien, cinq années d'une vie rude mais inoubliable.

2003

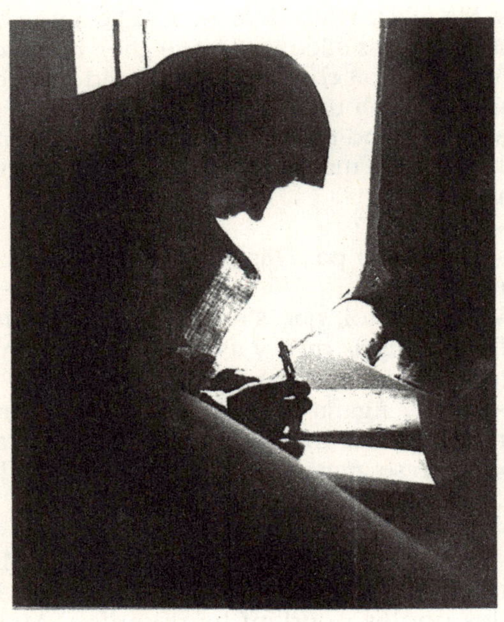

DEUX HEURES AVEC ELLE

Cela faisait deux ans que je n'avais pas vu Agafia. La faute aux hélicoptères. Ces petites machines ne veulent plus voler : trop cher pour les pompiers, les météorologistes, les géologues, les trappeurs. Deux ans à l'affût d'une occasion. Quand la première a pointé le bout du nez, je me suis rendu à Tachtagol, bourgade minière au fin fond du Kouzbass. Un vol était en préparation et les autorités locales m'ont accordé un créneau de deux heures. Mais au moment de partir, le ciel s'est gâté. Depuis la mort du général Lebed*, on redouble de prudence. "Qui s'est brûlé avec du lait soufflera même sur de l'eau", dit le proverbe.

Nous voilà enfin dans les airs après une attente languissante. Nous ne tardons pas à entrevoir le toit des izbouchkas. Impossible, toutefois, d'atterrir à l'endroit habituel : la rivière Erinat s'est creusé un autre lit, il nous faut maintenant la franchir à gué à partir de sa rive droite. Le courant

* Lebed Alexandre (1950-2002). Militaire de carrière (1969-1995), il est entré en politique et s'est fait élire gouverneur du territoire de Krasnoïarsk en 1998. C'est à ce poste qu'il a trouvé la mort le 28 avril 2002 par suite du crash d'un Mi-8 alors qu'il se rendait à l'inauguration d'une piste de ski.

pousse fort, l'eau nous monte jusqu'aux cuisses, glaciale. Comme il n'y a pas d'autre solution, nous resserrons d'un cran les bretelles de nos sacs et, appuyés sur de longs bâtons, allongeons un pas branlant vers Agafia et Erofeï qui nous attendent de l'autre côté en faisant des moulinets avec leurs bras et en nous criant des conseils que le torrent assourdit. Déjà une trentaine de mètres de franchis, non sans pertes : les flots ont renversé un photographe de Tachtagol avec tout son matériel ainsi qu'un cadreur de la télévision qui a trébuché, parvenant tout de même à tenir sa caméra hors de l'eau. Tous les autres, moi compris, atteignent la terre ferme sans dommages mais avec la peur bleue d'un refroidissement parce que le froid prend nos genoux en tenailles. Nous vidons nos bottes, essorons nos culottes. C'est surtout que le temps nous est compté. Sur les deux heures imparties, vingt minutes ont été perdues au franchissement du torrent.

Nous sacrifions comme toujours au rite des cadeaux avec, immuablement, bougies, citrons et piles pour les torches. Agafia ne se plaint de rien. Mieux, je lui trouve meilleure mine, le soleil lui a redonné des couleurs. “Alors, on fête bientôt ton jubilé ?” A ce mot inconnu, elle paraît tiquer. C'est qu'elle a soixante ans l'année prochaine… “Fais des prières pour que la rivière rentre dans son lit, et nous viendrons te dire nos vœux.” Et elle, avec un petit rire gêné : “Comme Dieu le voudra…”

On parle des nouvelles du coin au pied levé : Agafia nous montre son isba, son bouc, son chien, sa propriété. Jaillissant du sas d'entrée, effarouché par tant de monde, l'allure sauvage, les yeux lançant des éclairs, s'échappe en flèche vers les sous-bois le chat de la maison. Sans plus attendre, je photographie mon "modèle" qui se laisse faire désormais, soit par habitude, soit qu'elle redoute d'être bientôt oubliée du monde au cas où la presse se désintéresserait d'elle, or les marques de sympathie et d'attention sont désormais vitales à ses yeux.

L'événement central de ces deux dernières années, c'est la fuite de Nadia, l'été dernier. Celle-ci, de retour à Moscou, n'a pas tardé à trouver matière à consolation auprès des siens – sa mère, sa fille, sa petite-fille – et dans le confort urbain. Mais pour Agafia, la défection de Nadia reste une douleur extrême. "Au réveil, j'ai trouvé un mot sur sa table. Elle disait son repentir, demandait pardon. Moi, j'étais dans le chagrin. Je l'avais baptisée. Elle m'appelait matouchka." Je risque une timide tentative d'explication : "Une femme de la ville… Sa mère malade, sa fille, sa petite-fille…" Agafia n'en a cure et laisse aller le naturel impérieux et inflexible des Lykov : "Même. C'est blâmable."

Pour le moment, je me garde de lui parler d'Erofeï. Sa présence apporte un peu de douceur à la solitude de l'exilée. Mais l'autre ne manque pas de problèmes non plus : Erofeï est un paumé de ce monde qui bat de l'aile. Il a tout perdu, travail, famille, maison, jambe… Près de son isba se dresse une ruche morte comme un monument à ses rêves avortés.

Il a changé et paraît de plus en plus sauvage, surtout quand il va appuyé sur ses "trois jambes". Il me fait savoir que je l'ai vexé, dans mon précédent papier, en comparant sa barbe à celle de Karl Marx. "Marx, moi ? Tu veux rire, je suis baptisé !"

Baptisé par Agafia, mais il me semble que cette affinité de conscience n'améliore guère le climat qui règne entre eux. Ils vivent à deux maisons, lui dans sa cabane au bord de l'eau, elle sur sa hauteur. Chacun, nous l'avons dit, cuisine dans son coin. Au nombre des tâches partagées, le stockage du bois n'est pas la moindre, assurée par ce Sibérien aux allures de plantigrade. "Fais gaffe en écrivant tes reportages à ce qu'on n'aille pas croire qu'Agafia et moi sommes unis devant l'Eternel. A chacun sa croix."

La vie est parfois trompeuse. Erofeï n'avait presque pas connu le fils de son premier lit alors qu'il raffolait des filles nées de sa deuxième femme. Résultat, ses filles semblent aujourd'hui ignorer jusqu'à l'existence de leur père alors que son fils l'aide tant qu'il peut. C'est un garçon généreux, intelligent, et qui comprend la situation de son père. Si difficiles que soient les transports, Nikolaï s'arrange toujours pour lui faire faire parvenir quelque chose. Il lui a même installé un émetteur – ici, en pleine taïga – grâce auquel il organise un contact radio chaque semaine à partir de Tachtagol. C'est par ce canal qu'Erofeï et Agafia ont appris que nous allions venir, ce que j'ai deviné en avisant de coquets tapis de sol jusque-là jamais vus sous le toit d'Agafia, ainsi que des habits neufs revêtus pour l'occasion. Du reste, les détails de la radiotransmission n'échappent pas à sa curiosité naturelle : "Notre antenne est tombée dernièrement mais nous avons réussi à la remettre en état de marche pour la communication suivante…"

Deux petites heures pour une rencontre… Bien trop court ! A peine le temps de faire le tour du domaine. Le jardin n'a pas mal donné cette année, et la récolte de cônes de cèdre a été généreuse dans la taïga. "J'attends le touchken qui fera tomber les cônes. Avec Nadia, nous faisions ça bien... N'écris pas dans ton journal que je pêche du poisson, c'est une zone protégée maintenant", lâche-t-elle soudain. Sans être habilité à le faire, je lui dis qu'elle peut pêcher autant qu'elle l'a toujours fait, que la réserve n'en souffrira pas et que personne n'osera lui formuler le moindre reproche. Elle me regarde d'un œil reconnaissant : "Je n'ai pas de viande, et j'ai fait le vœu de n'en pas manger, un petit peu de poisson me ferait beaucoup de bien..."

Agafia ne manque pas d'amis qui compatissent à son sort, je le vois bien aux lettres qui arrivent au journal. Cela fait déjà vingt-deux ans que paraissent mes reportages sur les Lykov mais des colis continuent de nous parvenir à son nom (dont d'ailleurs je ne sais que faire). Et toujours des lettres qui me demandent : alors ? les nouvelles ? sa santé ? comment va-t-elle ? Agafia ne pourrait survivre sans aide extérieure, et les gens ont beaucoup fait pour cette fille de la taïga. Un mot ici, une fois encore, pour mon vieil ami Nikolaï Savouchkine, ancien responsable des Ressources forestières de Khakassie. Presque toutes les constructions de l'ermitage sont l'œuvre de ses efforts. Agafia ne l'oublie pas, triste qu'elle est de le savoir empêché par une cruelle maladie. Mais c'est avec une joie d'enfant qu'elle prononce les noms d'Aman Touleyev et de Vladimir Makouta, maire de Tachtagol (Agafia : "Et pas fier avec ça"). C'est par ce dernier que je me tiens informé de la situation. Cette fois, nous sommes là tous les deux : ensemble nous avons bravé le gué du torrent, ensemble nous avons fait pot commun pour la remise des cadeaux.

Les cousins de Kilinsk ont fait parvenir des présents qui ont attendu six mois l'occasion d'un hélicoptère : fromage sec et miel en bocal de trois litres. Il y a quinze ans de cela, Agafia m'avait refusé un bocal semblable : "Ce qui est dans du verre est blâmable." Aujourd'hui, ce même récipient de verre est accepté sans la moindre marque d'hésitation...

De l'autre rive monte un hurlement de moteur. L'hélico vient de démarrer, il nous faut partir sans plus tarder. Agafia dévale avec nous le sentier qui descend à la berge. D'un hochement navré de la tête, elle nous regarde, armés de longs pieux, contrer la force du courant.

La taïga n'est pas encore piquée de jaune. Une colonne de fumée bleue s'élève de la cabane du bord de l'eau : Erofeï et son fils sont en train de cuisiner. Les deux hommes sortent et nous font adieu de la main (le fils restera ici une semaine avant de redescendre par la rivière à bord d'un raft qu'il vient d'apporter). Agafia nous crie quelque chose mais le bruit des moteurs et des flots couvre sa voix.

Décollage. Le temps d'un clin d'œil, nous entrevoyons les masures perchées sur la montagne, les plates-bandes de pomme de terre et le profil d'Agafia qui se détache sur fond de rocaille blanchâtre au bord de l'eau. Elle est née ici en 1945, à cet endroit précis. Rien n'a changé depuis, ni les monts ni le torrent. La nature dans sa majesté est indifférente à la vie des hommes, à leurs passions, à leurs problèmes. L'appareil monte et pivote, nous laissant jeter un ultime coup d'œil sur les habitations. Puis rien, pas une izbouchka ni la moindre silhouette humaine au bord de la rivière. Pas une fumée, pas l'ombre d'une âme humaine, la taïga seule défile en contrebas.

2004

UNE DATE RONDE

Nous avons quitté Abakan par une température de 36 °C. Le hublot de l'hélicoptère reste ouvert. Je regarde en bas et me prends à penser que ce paysage m'est devenu familier à bien des endroits : cette cime, là, coiffée d'un chapeau de neige, ce méandre verdâtre, l'odeur de brûlé de la taïga, les eaux bleues du petit lac de neige fondue, les îlots qui parsèment la rivière... Ce qui est nouveau, en revanche, c'est que l'hélico est piloté par les frères Atknine : Piotr, le premier pilote, et Nikolaï, le second. Tous les deux sont khakasses, fils d'un berger de l'aal (village) de Tcharkov. Et tous les deux sont d'anciens pilotes de petits avions aujourd'hui cloués à terre. Quand l'aérodrome d'Abakan a fait faillite, ils ont pris le risque d'acheter un hélicoptère et constituent depuis lors la seule entreprise de transport de la contrée. Piotr me fait signe de regarder en bas, nous entamons la descente vers un banc rocheux qui borde la rivière. Un filet de fumée bleue se lève de la taïga. C'est l'avant-poste de la nouvelle zone protégée, la Colonie forestière des Lykov. Isba, étuve, grange, le tout solidement charpenté, est un ravissement pour l'œil. Une soupe de poisson mijote devant la maison dans un petit seau noirci par le feu de camp. Nous sommes attendus, mais il n'y a pas une minute à perdre. Nous déchargeons rapidement victuailles et planches destinées aux forestiers puis, embarquant la gamelle d'ombres frais pêchés qu'on vient de nous offrir, reprenons les airs en direction de chez Agafia, à dix minutes de vol.

Comme l'an passé, la rivière nous barre le passage et il nous faut encore la franchir à gué. Cette fois, nous avons tout notre temps. Agafia agite le bras et disparaît en courant. Elle revient bientôt avec six paires de bottes en caoutchouc…

A chaque visite j'ai le sentiment que rien ne change ici. Le chien lance des aboiements joyeux dans l'attente d'un morceau de saucisson, les trois biquets nous regardent d'un air interrogatif et le chat, sauvagement, détale.

Et Agafia qui semble reprendre le fil d'une conversation interrompue la veille… Elle parle de ses mains que labourent mille crevasses : "Je les oins de crème fraîche mais mes doigts ne plient plus." Ayant renoncé aux comprimés (la faute aux code-barres), elle nous montre des bottes d'herbes, cite la vulnéraire et l'alchémille qui soignent, à ce qu'elle dit, toutes les maladies.

Quand on en vient à la distribution des cadeaux et aux vœux d'anniversaire – elle a soixante ans cette année –, la conversation change de cours. Sa plus grande joie, elle la manifeste à la vue d'un bon gros parapluie, et me prie aussitôt, et je n'en crois pas mes oreilles, de la photographier avec, en compagnie de l'une des biquettes qui observent la scène.

Craignant la pluie, j'insiste pour entamer sur-le-champ une séance de photographie, exigence reçue sans objection.

Elle a souhaité se faire belle. Durant une demi-heure, le domaine est transformé en un studio où la patronne fait œuvre de modèle. En fin de séance, elle tient à poser devant ses carottes avec un arrosoir en fer-blanc flambant neuf qu'on vient de lui offrir.

Ceci fait, la conversation glisse insensiblement sur ce qui lui fait le plus mal : la défection de la novice Nadia, l'été d'avant, après cinq années passées à l'ermitage. Ce départ qui ressemble à une fuite la blesse au plus haut point. Elle m'a réexpédié une lettre reçue de Moscou où son ancienne compagne d'exil l'affublait d'une foule de reproches sans y mettre les formes. Là-dessus, Agafia a rédigé une missive non moins courroucée, ordonnant aux porteurs du pli réexpédié : "Ne pas transmettre mon bonjour à Nadia !" Le temps allant, son ressentiment s'accompagne d'accusations insensées : "Elle faisait des misères aux chats, détraquait les chèvres… Je n'entre plus dans son isba." Et en effet rien n'a bougé dans l'isba de Nadia : mêmes fleurs séchées dans le verre, mêmes rideaux aux étagères, mêmes tapis de sol.

Nous la consolons comme nous pouvons : "On ne refait pas le passé." Mais des problèmes pratiques se sont greffés sur son chagrin. A deux, il était plus facile de tenir le jardin, de panser les chèvres et les poules, de pêcher le poisson. Maintenant les forces lui manquent et ne feront que faiblir avec le temps, comme elle le pressent…

Et puis il y a cette ourse qui rôde depuis des années là où Agafia pose ses filets de pêche. Il a suffi qu'elle se régale une fois de poisson pour qu'elle se fâche ensuite de ne plus en trouver : l'automne dernier, elle a vandalisé les installations et déchiré un filet où s'était fait prendre un “moineau d’eau” (cincle plongeur), proie minuscule dont elle a voulu s’emparer. Peu après, l’ourse a saigné un gros gibier sur l’autre rive : “Deux semaines durant, des corbeaux ont fait des ronds dans le ciel en descendant de temps à autre. On voyait bien qu’ils festoyaient avec l’autre.” Tout cela oblige Agafia à allumer de grands feux sur les lieux de pêche et à tirer des coups de fusil dans le noir.

Pas de changement du côté des animaux domestiques : poules, chèvres, chats. Un inspecteur de la Protection de la nature est venu, à qui Agafia a demandé un petit chien (“qui ne soit pas gourmand et n’ait pas peur des ours”). L’autre en a apporté un en disant qu’il s’appelait Proton. “Mais Proton, c’est une fusée ! a renvoyé Agafia. – Et alors ? Ça fera un joli nom de chien…” Le petit chien grandissant, il est devenu un gros toutou poilu qui n’a aucun problème d’appétit, mais une trouille bleue des ours. Dès qu’il en sent un de loin, il fonce sous les jupes de sa maîtresse. En revanche, quels yeux dévoués ! Et quelle faim de saucisson quand débarquent des visiteurs !…

Il y a chez Agafia un élément d’intérieur “comme chez Nadia”. “Un tapis”, me dit-elle en interceptant le regard que je porte sur un feutre étalé au milieu de la masure. Par hospitalité, elle y ajoute deux carpettes de coton comme on en voit dans nos villages, sur lesquelles folâtrent bientôt trois chatons sous l’œil flegmatique de leur mère blottie contre la porte. “Une vraie mère paresse, peste Agafia. Les souris dansent qu’elle ne bouge même pas la moustache et ne fait rien pour apprendre aux petits à chasser.”

Je descends rendre visite à Erofeï dans son izbouchka au bord de la rivière. Barbe et cheveux l'envahissent comme un bagnard. Le bonhomme, encore solide, gagne son pain à stocker le bois. Il me fait comprendre que l'entente n'est pas parfaite avec Agafia. "Je partirais demain si je pouvais, mais où ?" Erofeï associe désormais ses espoirs de changement à l'achat d'une maison quelque part à la campagne. "Mon fils et moi, on met des sous de côté. Moi, ma pension, et lui, une pincée de sa paye."

La pluie arrive avec le soir. Mes compagnons d'hélicoptère s'installent dans les izbouchkas pour "siroter une bière" pendant qu'Agafia et moi allumons une bougie pour une causerie tranquille, façon de fêter le soixantième anniversaire d'une vie de taïga à l'endroit précis de sa naissance en 1945.

Eté 2005

"Elle a souhaité se faire belle. Durant une demi-heure, le domaine est transformé en un studio où la patronne fait œuvre de modèle. En fin de séance, elle tient à poser devant ses carottes avec un arrosoir en fer-blanc flambant neuf qu'on vient de lui offrir."

“D’entre tous les présents, ce sont les pommes qui la ravissent le plus. Des «fruits de Dieu» en plein hiver... Elle les étale sur une poutrelle couverte de neige et n’en détache pas les yeux. Puis elle rit : «Ça fait pitié de les manger...»”

Agafia découvrant (hiver 2008) l'édition russe du présent ouvrage et faisant ce commentaire : "La vie de sainte Agafia..."

UNE NUIT DE CAUSERIE

La bougie se consume lentement et pourtant nous en avons brûlé deux à bavarder tranquillement, laissant minuit loin derrière nous. Sachant le goût d'Agafia pour le verbiage, je lui demande de me parler des journées les plus marquantes de sa vie. Et au matin nous sommes passés au dessin.

— Nous avons tous un souvenir particulier rattaché à notre petite enfance…

— Je me revois en train de ramasser des brindilles près de l'isba avec un grand râteau pour les jeter par brassées dans un feu. Une branchette en flamme m'est tombée sur la jambe. Quelqu'un me berçait dans ses bras pendant que moi je criais. Maman m'a dit que j'avais alors trois ans.

— As-tu un souvenir plus tardif ?

— Un jour, avec mon frère Savin, nous sommes allés ramasser des cônes de cèdre. Au lieu de prévenir chez nous que nous passerions la nuit dans la taïga, nous avons dit que nous serions là sans faute avant le soir. Mais le temps a filé et nous nous sommes perdus. Comment nous avons retrouvé notre chemin, je ne saurais le dire. Allant nu-pieds, je souffrais le martyre. Mais Savin a fini par ramener nos pas jusqu'à l'izbouchka. A la fenêtre, j'ai vu maman qui priait à genoux et petit papa qui fulminait. On nous croyait perdus, les ours pullulent dans le pays. J'avais douze ans cet été-là.

— Et vous est-il arrivé de tomber nez à nez sur un ours ?

— On s'en est toujours méfié. Une fois, il y en a un qui a goûté au poisson que nous faisions sécher au mur, et qui a voulu y revenir. Un soir qu'elle se lavait les pieds à la rivière, au clair de lune, ma sœur Natalia s'est retournée et l'a vu juste derrière elle, près de la porte. La peur lui a coupé les jambes pour plus d'une semaine. On m'a dit aussi qu'un ours avait gratté la tombe d'Evdokim, le frère de petit papa, et qu'après l'avoir déterré il l'avait mangé.

— Rappelle-toi un jour de joie pour toute la famille.

— C'est quand petit papa est accouru de la rivière en disant qu'il avait tué un maral à coups de bâton. Le renne s'était enfoncé dans la neige près d'un rocher, et papa s'est jeté dessus. D'abord il l'a frappé, ensuite il l'a saigné. Nous étions tous aux anges ! C'était Dieu, disions-nous, qui nous l'avait envoyé : de la viande pour manger, et du cuir pour se chausser.

— Et un jour de tristesse…

— Le jour où maman est morte. C'était un 5 février, elle allait sur ses soixante ans. De faim, tu peux te le dire. Rien ne poussait cette année-là, on mangeait Dieu sait quoi. De fatigue et de faim, maman s'est couchée pour ne plus se relever. Ses derniers mots furent : "Vivez dans la bonne entente… Creusez des trappes à gibier… Sans chair animale, il n'y a point de survie possible. Vous fabriquerez de quoi vous chausser avec la peau." Je lisais des prières au pied de son cercueil. L'année d'après, je pleurais encore.

— Qui aimais-tu le mieux dans ta famille, à part ta mère ?

— Mitia [Dmitri] était le préféré de tous. Petit papa disait : “Un cœur d’or, paisible et bon…” Tout ce qu’il voyait d’intéressant dans la forêt, il me le faisait découvrir. Ensemble, nous avons observé une maman gélinotte qui ne voulait pas quitter son nid. On lui tendait la main, elle ne bougeait pas. Il fallait la toucher du doigt pour qu’elle s’envole… Mitia était un homme des bois né, il savait beaucoup de choses sur la taïga.

— As-tu gardé quelque chose en souvenir de tes proches ?

— En souvenir de papa-maman, je garde la cruche que tu vois là ; et en souvenir de ma sœur, cette toile qu’elle s’est donné tant de mal à tisser après la mort de maman. De Mitia, vois là ce que je tiens dans ce livre, la plume d’une gélinotte. Il me l’a donnée pour marquer les pages du livre qu’on lit.

— Et d’entre tous les animaux de la taïga, qui préférais-tu ?

— Les marals. *(Elle rit.)* Quand ils tombaient dans le piège…

— Te rappelles-tu un jour de grand embarras pour la famille, sans parler d’un danger particulier ?

— Un jour, nous avons perdu le décompte du temps. Panique en la demeure ! On n’arrivait plus à démêler les jours de fête. On a dû rassembler tout ce qui nous restait de mémoire. C’est moi qui ai remis les choses en place.

— Quelle date est-on aujourd’hui ?

— Le 24 juin dans le siècle. Et le 11 juin 7513 du jour d’Adam.

— Quels sont les événements qui ont marqué votre famille avant votre rencontre avec les géologues ?

— Un jour que papa et maman pêchaient, des gens sont passés en canot et les ont aperçus*. Nous ne savions pas d'où ils sortaient et nous avons eu sacrément peur pour la suite. Une autre fois, si bas que la suie est tombée de la cheminée, un énorme avion à deux étages [un biplan, avion de transport longtemps typique des vols sibériens] est passé en rase-mottes. Pris de peur, nous nous sommes cachés dans une cédraie, mais rien. Ni personne.

— Et quand les gens sont apparus en 1978…

— Petit papa fut le premier à les voir et à leur parler. Natalia et moi avions si peur que nous poussions des cris. Mais tout s'est fini dans la joie. Le soir même, nous parlions autour d'un feu avec les géologues. Ils nous pressaient de questions et inversement.

— Vingt-six ans ont passé depuis ce jour. Tu connais beaucoup de gens dans le siècle. Est-ce un bien qu'on vous ait "trouvés" ? ou aurait-il mieux valu que tout reste comme avant ? Qu'en penses-tu ?

— Tout de suite nous nous sommes dit que ces gens étaient là par la volonté de Dieu. Notre vie n'était pas belle à voir, nous allions dépenaillés, loqueteux, faisions un pain de pomme de terre séchée, ça fait peur d'y repenser. Nous aurions tous trépassé à la queue leu leu sans que personne n'apprenne un jour notre existence. Nous devons beaucoup aux hommes et j'en rends

* Rencontre fortuite survenue en 1958. Les randonneurs, sachant par leur moniteur qu'il y avait probablement par là un ermitage de vieux-croyants, devinèrent qu'ils avaient devant eux Karp et Akoulina. Mais il n'y eut point de vraie conversation tant les vieilles gens se montrèrent inquiets d'avoir été surpris.

grâce à Dieu. Jamais la moindre offense, que de l'aide. Et quand tu as parlé de nous dans ton journal, petit papa et moi avons été comblés de présents : vaisselle, vêtements, chaussures, ustensiles de toutes sortes.

— Qu'avez-vous trouvé de plus précieux dans ces cadeaux ?

— Le sel ! Une fois que nous avons goûté salé, nous n'avons plus pu nous en passer.

— Vous avez alors commencé à rendre visite aux géologues. Qu'est-ce qui vous a le plus étonnés ?

— Tant de choses qu'on ne peut le dire. Je me rappelle notre étonnement devant la scieuse, avec Mitia. La bille de bois courait d'elle-même à la lame et se changeait aussitôt en planches. Lisses et régulières, les planches. Tandis que chez nous tout se faisait à la hache…

— Et les avions, les hélicoptères, la télévision, le canot à moteur…

— Un conte de fées que tout cela… Sauf la télévision, qui est un péché. Pour l'hélicoptère… Je vois bien maintenant que les hommes ont fait là une belle invention. Sans cela, on ne peut rien dans la taïga : qui viendrait jusqu'à moi ?

— As-tu peur de voler ?

— Oui. Mais je m'habitue. Tout le monde vole, non ? Et toi, n'as-tu pas peur ?

— As-tu appris à faire quelque chose auprès des hommes que tu n'aies su auparavant ?

— C'est-à-dire… C'est maman qui m'a appris à lire et à écrire. Il y a toutes sortes de choses que je fais depuis l'enfance comme travailler à l'aiguille, au couteau, à la hache. Vois, j'ai maçonné ce poêle de mes propres mains. Mais je dois quand même parler du pain. J'ai appris à faire du vrai pain. Celui d'avant, on ne peut même pas l'appeler pain. Or celui-ci, je n'ai pas honte de le servir à tout le monde, même à toi.

— Ton grenier regorge de dons de toutes sortes. De quoi as-tu le plus besoin là-dedans ?

— Le plus utile… Les bottes en caoutchouc, la vaisselle, les haches, les bougies, les lampes torches, les piles. Et l'horloge ! Un si beau tic-tac… et qui parfois me réveille.

— Et la nourriture… Te rappelles-tu comment nous avons appris à traire la chèvre, toi et moi ?

— Que oui ! *(Elle rit.)* Je voyais une chèvre pour la première fois de ma vie. Et tu as bien fait de l'apporter. Le lait m'a remise d'aplomb. C'était de lait que je manquais d'abord et avant tout. Les poules aussi ont été les bienvenues, et les chats…

— Quel est le travail qui te coûte le plus à présent ?

— Monter l'eau de la rivière pour l'arrosage du jardin.

— Et le plus agréable ?

— Lire avant la prière le *Calendrier de Novozybovsk*, qui relate la vie de toutes sortes de saintes gens.

— Quelle vie de saint as-tu lu la dernière fois ?

— Celle de saint Jean Chrysostome dit Bouche d'or.

— Et quel regard portes-tu sur la vie d'Erofeï ?

— Un regard de compassion, bien qu'on se chamaille parfois. Un rude destin que le sien. Il a tout perdu, sa famille, son travail, son isba, sa jambe… Ici non plus il n'a pas la vie douce. On n'a pas trop de deux jambes pour couper le bois, alors avec une seule…

— Ce cèdre, là, qui t'a vu naître, quel âge croistu qu'il a ?

— Trois fois le mien, il me semble.

— C'était donc un arbre déjà très fort quand tu es née. Mais le jour viendra où il tombera lui aussi. Comme cette bougie qui finira par s'éteindre. Y songes-tu ?

— Certes oui. Et souvent. Même une bête sauvage s'accroche à la vie.

— As-tu peur de la mort ?

— Je ne sais quoi répondre. Je pense que tous craignent la mort. Ce qui nous sauve, c'est l'idée d'une autre vie qui verra ressusciter les morts.

— De quelle résurrection parler quand on est mangé par un ours ?

— Oh ! tout se recoudra par la volonté de Dieu…

— Les maladies te rendront la vie difficile. Ne ferais-tu pas mieux d'aller chez tes cousins à Kilinsk ?…

— Non, Vassili. Aller vivre auprès d'eux, c'est aller à la mort. Personne n'a besoin de moi là-bas. Et tout m'y est étranger. Je ne connais pas meilleur endroit qu'ici où tout m'est cher : la montagne que je vois chaque jour de ma fenêtre, le torrent qui gronde jour et nuit, les odeurs que je ne retrouve nulle part ailleurs. Quand je sors au coucher du soleil, la joie me transporte. C'est ici mon coin de paradis sur terre, et merci à tous ceux qui m'aident à rester.

2005

LE COURS DE LA VIE

Il y a deux ans nous avions traversé l'Erinat à gué, entreprise risquée même pour qui en a vu d'autres. Cette année la débâcle est venue tardivement, s'accompagnant de crues impétueuses. La rivière, qui a retrouvé son lit d'avant, roule maintenant des flots furieux, elle pousse les pierres et fauche les arbres à son passage. La franchir à gué serait de la folie. L'hélico se pose sur un îlot rocailleux d'où nous atteignons la rive presque sans nous mouiller les pieds. Là nous attendent trois personnes : Agafia, Erofeï et un garçon que je ne connais pas, dont j'apprends qu'il est arrivé à pied voici trois jours après un périple de cent cinquante kilomètres à travers la taïga.

Le matin même a eu lieu au cosmodrome de Baïkonour un tir de *Proton* en la présence de Poutine et Nazarbaïev, avec à son bord un précieux chargement. Huit minutes et demie après le lancement, la fusée a survolé le domaine d'Agafia en expulsant son deuxième étage. Comme d'habitude, pilotes et experts se sont envolés vers différents sites pour y prélever des échantillons de terre et de végétaux susceptibles de porter des traces de substances toxiques, un contrôle effectué depuis plusieurs années et qui, soit dit au passage, n'a rien donné à ce jour, comme si les particules de combustible se "dissolvaient" dans l'atmosphère à trente kilomètres d'altitude.

Débarqués au matin, nous devons être ramenés le soir même à Sayanogorsk, soit à peine le temps pour moi de questionner les ermites de l'Erinat sur leur quotidien depuis l'été dernier.

Comme toujours, nous passons un certain temps à transbahuter les sacs de victuailles qu'il faut monter là-haut. Ces stocks viennent d'Abakan, constitués de longue date sur l'argent de la pension que l'exploitation forestière alloue à Agafia par l'entremise attentionnée de Nikolaï Savouchkine. Gravement malade, celui-ci n'a pu que joindre un petit mot à sa cargaison.

Une fois les premières salutations faites et les provisions montées, je m'enquiers aussitôt des nouvelles. Ici, le cours de la vie est plus lent que celui de l'Erinat. L'événement le plus notable tient à l'apparition d'un ours à peine sorti de la tanière, au mois d'avril. Poussé par la faim, il est venu droit aux isbas. "La bête a piétiné toutes les plates-bandes, maudite soit-elle", gémit Agafia. Un lynx aussi est passé par là dans l'hiver, par curiosité, mais qui n'a touché à rien. Une fois, on a vu un glouton, habitant des sommets montagneux, au-dessus de la taïga. Une zibeline a mis le nez à la fenêtre d'Erofeï, bientôt imitée par une femelle maral. Le vieux chasseur a pris son fusil mais s'est abstenu de tirer. "D'abord, on est maintenant dans une zone protégée ; deuxièmement, je n'ai pas voulu faire couler de sang le jour de Pâques." Un certain soir, au plus fort de la crue, on a vu passer un cervidé sur les flots de l'Erinat, un élan ou un maral, "peut-être même une souche, on ne voit pas bien entre chien et loup".

Au lieu d'un vison qui sévissait dans les parages, c'est un chat qui s'est trouvé pris dans un piège à mâchoire. Il poussait des cris sauvages. Le tour est venu bientôt du chien Proton, qui lui ne s'en est pas remis. D'après Agafia, il a crevé de maladie, tandis qu'Erofeï laisse tomber : "Fallait le nourrir correctement. A ne bouffer que des patates et de l'orge perlé, on a tôt fait de passer l'arme à gauche." Agafia n'en démord pas : il est mort de maladie. Elle a même brûlé sa dépouille pour empêcher toute contagion. Au dernier recensement, la ferme compte cinq chèvres et boucs, onze poules et un nombre disproportionné de chats à moitié sauvages. D'expérience, Agafia sait que les plus utiles sont les trois chèvres, bien qu'elle n'ait plus la force de faire les foins pour cinq bêtes. "Avant, je pouvais travailler nuit et jour ; maintenant, si je passe une nuit sans dormir, je ne suis plus bonne à rien le lendemain."

Elle continue d'en vouloir à Nadia, qui fut sa "paroissienne" pendant cinq ans. En regagnant "ses pénates à Moscou", celle-ci l'aurait trahie. Et Agafia, depuis qu'elle est seule, ne s'en sort pas : jardin, foins, bois, pêche… à soixante ans passés, ces tâches l'accablent. Elle vit en mésintelligence avec Erofeï. C'est peu dire qu'il y a discorde : il y a animosité. Parfois, Agafia le talonne : "Ben alors, tu ne me causes plus ?" L'autre refuse d'un geste de la main et va s'enfermer dans sa cabane. Sa mission reste de stocker le bois, mais imaginez un homme portant un sac de bûches en plein hiver sur une seule jambe. "Je suis là de passage !" Ravitaillé par son fils, il met de côté sa pension pour s'acheter une isba dans un coin de campagne. Agafia, elle, n'a toujours pas l'intention de partir. Elle serait presque une étrangère parmi les plus jeunes de ses cousins, et vivre "dans le siècle" lui pèse. "Je mourrai ici", m'a-t-elle dit une nuit.

D'où sa joie de voir arriver un homme au bout d'une marche de cent cinquante kilomètres dans l'antre de la taïga. "Rodion Poboïkine", se présente-t-il, et c'est avec beaucoup de curiosité que j'écoute ce jeune homme de vingt-huit ans me faire le récit de son odyssée taïguéenne.

La vieille-foi, Rodion y est totalement étranger. Il a travaillé à la ville comme boulanger, puis comme maçon. Mordu de randonnée, il a décidé de "faire ses preuves dans un voyage en solitaire". Il est donc parti le 31 mai avec un sac de trente-cinq kilos sur le dos. Sel, allumettes, couteau, boussole, carte ; côté nourriture : riz, viande séchée, gruau, pain, huile, miel. Voilà pour le contenu de son balluchon.

— Tu prenais un gros risque…

— Oui, et plus d'une fois j'ai regretté de m'être embringué là-dedans. Au dixième jour, je me suis retrouvé coincé dans un fourré inextricable. J'en criais de rage. "Qu'est-ce que je fous là ! Comme si j'avais besoin de ça !" Mais je me suis repris en main, et me voilà.

— As-tu rencontré le danger ?

— Forcément. Un ours. Nez à nez comme nous le sommes là tous les deux. Il a trépigné devant moi pendant quatre ou cinq minutes, la truffe en avant, à me regarder d'en bas, le cou tordu. J'ai eu la trouille mais j'ai quand même trouvé le courage de ne pas détaler. Finalement, il s'est retiré. Autre danger, la rivière… A voir les vieux pièges à trappe et les traces de hache sur les arbres, je sentais bien que j'approchais. Quand j'ai atteint l'Erinat, j'ai été terrifié par la force de son courant. Et pourtant je n'avais pas le choix, je devais le franchir coûte que coûte. J'ai failli y laisser les os, à cause des rochers. Le soir même je me faisais sécher devant un feu de camp, et le lendemain matin j'étais déjà là.

Le voyageur a l'air fourbu, décharné. Tous mes compagnons d'hélicoptère se font des messes basses : "Qu'est-ce qu'il vient foutre ici, celui-là ? Il a l'air complètement déjanté…" Mais Agafia est avenante à son égard. Elle voit bien que le garçon ne va pas vider son garde-manger, et qu'il pourra toujours servir à quelque chose.

Partout l'ermitage porte des signes de laisser-aller. Le potager n'est bêché qu'au quart et tous les cadeaux des visiteurs précédents font un tas difforme. Pas de croix sur la tombe de Karp Ossipovitch. "Elle a pourri, m'explique Agafia avec un voile de tristesse. Et je ne trouve pas le temps d'en remettre une autre." Les chèvres (épargnées par l'ours) appuient leurs cornes aux carreaux de la fenêtre dans l'espoir d'être enfin nourries.

Elle s'amuse de la paire de jumelles que j'ai sur moi. Les yeux pleins de curiosité, nous les promenons sur les pentes des montagnes d'en face, de l'autre côté de la rivière. La frisure vert tendre des bouleaux contraste avec le fond brun des sapins et des cèdres. Sur un escarpement, nous avisons la traînée grise d'une chute de pierre. Plus haut, quelque part à gauche, se niche l'izbouchka où les Lykov ont vécu secrètement pendant trente-deux ans.

— C'est comment là-bas ?

— Je l'ignore. Je n'y suis pas allée depuis bientôt deux ans. Des bouleaux reprennent le potager, de la grosseur d'un bras. Une zibeline a visité la maison, elle a laissé des traces. Il y a un tas d'autres bêtes qui vont sans peur autour de l'isba. J'ai même vu un chevrotain. Petit à petit, la taïga avale tout…

Quant au cadre de vie actuel d'Agafia, il n'a presque rien gardé de la vie d'avant. Je n'ai aperçu que des boîtes d'écorce, une cruche ancienne héritée de sa mère et une pièce de broderie de sa sœur Natalia. Tout le reste vient du "siècle", bottes de caoutchouc, bougies, seaux, casseroles, vêtements, barriques, pendules, fil de fer, outils… Il y avait avant, se démarquant de l'ensemble, une izbouchka d'une petitesse féerique – n'y manquaient que les pattes de poule qu'ont les isbas des contes russes. Un trappeur en avait scié les coins rognés par le temps pour s'en faire un abri d'hivernage, minuscule, ouvert à tous les vents. Si Karp Ossipovitch et sa fille ont décidé d'y revenir, c'est qu'ils trouvaient l'endroit enchanteur. J'ai gardé de ce temps-là des archives photo qui témoignent : bottes de court-les-bois, vieux skis à semelles de jarres antirecul, panoplie de récipients d'écorce, rouet rudimentaire de l'époque pétrovienne, porte-lumignon, houes, crucifix de cèdre en sautoir gravé de slavon… Ne restait dernièrement qu'un seul "messager d'autrefois" : l'izbouchka. Or la relique, un temps reconvertie en cabane à chèvres, n'est plus. Agafia a transféré l'étable dans un abri fraîchement charpenté, faisant passer la vieille masure en bois de chauffage…

Ainsi va le cours de la vie au bord de l'Erinat. Une fois par semaine, Erofeï entre en communication avec son fils grâce à un petit émetteur. Il attend l'heure où il pourra quitter ce coin du monde qu'il ne porte plus dans son cœur.

Agafia, quant à elle, se réjouit qu'on vienne encore la voir, qui par le ciel, qui par la taïga. Et demain ? Elle y songe, bien sûr. Sans connaître la réponse. "Comme Dieu le voudra…" Dans la fébrilité des adieux, nous ne pouvons que lui promettre de ne pas l'oublier et de l'aider de notre mieux.

2006

RENCONTRE 42

Depuis 1982, j'en suis à mon quarante-deuxième voyage à l'ermitage taïguéen des Lykov. Il fut un temps où je pouvais m'y rendre deux, voire trois fois par an. L'entreprise étant devenue extrêmement compliquée, je n'y vais plus guère désormais qu'une fois par an, presque toujours en été. Mais l'été dernier, n'ayant pu trouver d'hélicoptère avec la meilleure volonté du monde, j'ai dû renoncer. Il a fallu attendre janvier qu'un coup de fil des Forces spatiales m'annonce la nouvelle : "En route ! Tu as deux jours pour faire ton sac !"

J'ai rarement l'occasion de voir ce coin de taïga sous la neige. Sur les arbres, les toits, les poteaux, les souches, les rochers, partout moutonne une moelle cristalline. Et c'est au beau milieu de ce blanc pacifique que je retrouve Agafia engoncée dans un foulard de laine et chaussée de bottes paysannes par un gel de moins vingt. Le soleil ne s'est pas plus tôt levé sur la montagne qu'il entame déjà la descente. Sur les cimes rayonne la neige ; au fond de la gorge rampe une ombre bleue. Un silence surprenant noyé dans la blancheur.

Nous suivons le sentier qui monte. En hiver, tout est différent. Un casse-noix quitte sa branche dans une nébuleuse de neige, une sittelle torchepot monte en colimaçon au tronc d'un épicéa, de frêles empreintes s'égrènent jusqu'à la fenêtre de l'isba d'Agafia – "y a pas plus curieux qu'une zibeline", explique-t-elle en faisant grincer la porte de son palais qui sent la fumée et le bouillon. Par économie, elle reste en hiver dans l'ancienne cabane à poules, plus facile à chauffer. Les deux autres isbas, plus spacieuses, passeront l'hiver à vide et au froid. Quatre chats sont enfermés dans l'une d'elles, qui déguerpissent au triple galop dès qu'on entrouvre la porte. "Oh ! ils vont revenir, dit Agafia, ils ne risquent pas de trouver de souris à cette heure..."

Dans l'isba-poulailler, il fait noir et l'on est à l'étroit. Deux bouts de chandelle sont sur une table, avec une pile de livres anciens, de la vaisselle, une miche de pain cuite dans une poêle, des moufles, un pot de sel, une planche rabotée qui attend son heure. A nos pieds traînent bottes, sacs, casseroles, seau d'eau. Se montrent enfin trois poules et deux biquets de quelques jours.

Comme on est trop à l'étroit, Agafia propose à ses visiteurs de sortir au grand air où le soleil fait le doux. D'entre tous les présents, ce sont les pommes qui la ravissent le plus. Des "fruits de Dieu" en plein hiver... Elle les étale sur une poutrelle couverte de neige et n'en détache pas les yeux. Puis elle rit : "Ça fait pitié de les manger..."

Et quand mes compagnons de voyage se dispersent dans le domaine en s'enfonçant dans la neige, je dénoue devant elle un sac contenant une surprise venue du village de ses lointains ancêtres où je me suis rendu l'an passé, Lykovo, dans la région de Tioumen. C'était là, jadis, qu'avait trouvé refuge le clan des Lykov fuyant le "siècle" au nom de la vieille-foi, dans cette Sibérie de forêt-steppe où poussaient blé et légumes et où bois et rivières donnaient sans compter. “Nos origines sont du côté de Tioumen, m’avait dit feu Karp Lykov. Nos aïeux avaient fondé un village dans les terres de Yaloutorov. Puis ils ont migré vers l’Ienisseï où ma femme et moi sommes nés.” Car d’autres colons, attirés par ce pays de cocagne, s’y étaient installés à leur tour et les vieux-croyants avaient vu là un coup porté au dogme fondateur de la confrérie des errants : “On ne pactise pas avec le siècle, on doit le fuir.” Alors les Lykov, aïeux d’Agafia, avaient poussé plus loin leur exil vers les profondeurs de la Sibérie et le cours supérieur de l’Ienisseï. Mais le village de Lykovo n’a pas perdu son nom d’origine, et ses habitants, à la lecture de nos publications, se sont fait connaître. Mieux, ils ont trouvé dans des vieilleries la trace de ce qu’ils cherchaient : des effets attestant la pratique ancestrale de la vieille-foi tels que des chapelets appelés *lestovka* parmi des battoirs à chanvre, haches, pots d’argile, etc., le tout soigneusement répertorié par l’institutrice du village Galina Kaloulina. J’ai fait des photos du site et du musée, que j’ai avec moi ainsi que quelques objets. Agafia observe cela sans pousser de oh ! mais avec curiosité, marquant un intérêt particulier pour un chapelet et une quenouille : “Les mêmes que les miens !”

Mais j’ai un autre cadeau : la nouvelle édition d’*Ermites dans la taïga* avec cahier d’illustrations, photographies et dessins. Parmi ceux-ci, certains faits de la main d’Agafia. Là, son visage s’illumine : “Allons voir cela à la lumière.” Laissant tomber à l’entrée du “poulailler” une gerbe de seigle battu, elle s’assied plus à son aise et se met à feuilleter le livre en marquant les pages de brins de paille. Elle se parle à elle-même : “Petit papa… Là, c’est moi qui passe la rivière…

Nikolaï Nikolaïevitch Savouchkine…" Agafia marque un silence et m'interroge tristement du regard. Je confirme. Notre ami, un habitué de l'ermitage, est bien mort l'été dernier. A deux doigts joints, elle fait le signe de croix sur sa photographie. "Un cœur d'or que cet homme-là…" Une fois le livre refermé, la fille de la taïga en caresse la couverture de ses doigts crevassés et me lance avec un sourire plein de malice : "La vie de sainte Agafia…"

On passe aux dédicaces mutuelles entre elle et moi, puis on en signe aux aviateurs et aux experts. L'un d'eux s'empare de l'exemplaire destiné à Erofeï ("vous lui en rapporterez un autre la prochaine fois, de toute façon"). Erofeï, justement, occupe toujours sa cabane au bord de la rivière. "L'entente est-elle bonne entre vous ?" Agafia coupe court d'un geste éloquent de la main. Mais le temps que j'aurais voulu consacrer à Erofeï est mangé par l'ours… dont l'histoire obnubile Agafia qui ne parle que de ça.

La cohabitation des Lykov avec les ours fut marquée, on s'en souvient, de multiples péripéties. Pour venir à bout d'un mâle inquiétant, il y a plus de vingt ans, on l'avait appâté dans une cage où il s'était bel et bien laissé prendre ; mais, doué d'une force colossale, il avait fait voler les rondins de sa prison, aussi avait-on emprunté un fusil aux géologues de la base voisine, qu'on avait disposé en piège près d'un appât rattaché par un fil à la queue de détente du fusil. Soulagement à la vue de corbeaux tourbillonnant dans le ciel au-dessus du théâtre de l'opération : le dispositif avait marché. Depuis ce temps, Agafia se défend comme elle peut des ours rôdeurs avec des épouvantails, des chiffons rouges, des clochettes, des casseroles… jusqu'à l'été dernier où l'un d'eux l'a harcelée trois mois durant. N'y tenant plus, elle a sonné le tocsin par l'entremise d'Erofeï qui a émis le message à Tachtagol en faisant grésiller son vieux poste émetteur. Apprenant cela, le gouverneur du Kouzbass Aman Touleyev, qui parraine Agafia depuis de nombreuses années, n'a fait ni une ni deux : un chasseur a été dépêché sur place pour évaluer la situation. Mais l'ours, à qui on ne la fait pas, s'est alors retiré pour l'hiver et le calme est revenu.

Or, soudain, coup de tonnerre dans le ciel d'Abakan, capitale khakasse. La venue du chasseur, pourtant motivée par les meilleures intentions, a été reçue comme une violation des frontières de la Khakassie souveraine*. "Eh quoi ! Un chasseur chez nous ! Avec un fusil ! Au cœur d'une zone protégée !..." Un journal local s'en est indigné sur deux pleines pages tape-à-l'œil, avec photos à l'appui placardées pêle-mêle : Agafia, un ours (on ne sait pas d'où il sort), et le portrait du gouverneur Touleyev. Les auteurs estimaient qu'avant de secourir Agafia il aurait fallu d'abord obtenir en bonne et due forme l'autorisation d'éliminer l'ours. Or on sait que la délivrance d'un tel papier par l'administration d'une réserve naturelle prend en moyenne entre un ou deux mois. On aurait eu bonne mine avec tant de retard... Non contents de "bouffer du gouverneur", les auteurs envisageaient dans la foulée de faire "expulser Agafia de la réserve..."

* Constitutionnellement, la Khakassie est un "sujet de la Fédération" (région) au même titre que le Kouzbass voisin de M.Touleyev qui, formellement, selon l'expression employée *supra* par l'auteur, n'est pas là dans son "évêché". D'où cette querelle interrégionale dont la bureaucratie russe est si friande.

Comme s'ils n'avaient pas lu qu'à la mort de son père – un tournant s'il en est dans le destin d'une femme – Agafia avait été conduite chez ses cousins où tout le village s'était ligué pour la supplier de rester. Rien à faire ! "Je rentre chez nous, un point c'est tout !" Agafia est un cas historiquement exceptionnel, traitons-le comme tel. La sortir de la taïga *manu militari*, ce serait la tuer sur-le-champ. Qui pourrait prendre une telle responsabilité* ?

Dans le feu de la plume, les auteurs rapportaient aussi que des braconniers pénétraient en hélicoptère dans la taïga ("des points d'atterrissage ont même été repérés"). Eh bien, traquez-les, que diable ! Hélas, "les moyens manquent..." Point besoin de moyens, en revanche, pour écorner un gouverneur ayant volé au secours d'Agafia.

C'est l'heure. Tête baissée, Agafia et moi dévalons la montagne. Même en pleine course elle

* La presse sibérienne se fit largement l'écho du scandale à la fin de 2007. Le chasseur envoyé par M. Touleyev, Victor Sedov, se vit déféré en justice pour "chasse illégale en zone protégée" (pouvant entraîner jusqu'à deux ans d'emprisonnement selon le Code pénal). L'administration de la Réserve adressa au gouverneur du Kouzbass une "note de protestation" publique. Une réunion de crise eut lieu entre deux hauts fonctionnaires du Kouzbass et de la Khakassie pour évoquer "la visite rendue sans visa administratif à la Colonie forestière des Lykov". Enfin, les autorités khakasses notifièrent que "l'accès de tierces personnes au territoire de la zone protégée est rigoureusement interdit" sauf autorisation spéciale de la direction de la Réserve. Conflit purement bureaucratique, mais ô combien riche de dramaturgie, et qui illustre bien les enjeux d'"appropriation" dont Agafia fait l'objet.

me parle de son ours… Une minute se passe, et je la vois d'en haut, esseulée, qui accompagne des yeux, dans un tourbillon de neige, notre hélicoptère aspiré par les pales de l'hélice.

De longues années durant, j'ai fait le voyage avec les géologues qui prospectaient dans les parages. Maintenant, ce sont les officiers de la Spatiale qui m'escortent. La fusée *Proton* venant d'être lancée, ils ont fait les prélèvements prévus dans le périmètre d'expulsion du deuxième étage.

Aujourd'hui, la fusée est passée avant l'aube. Nous avons vu distinctement le troisième étage filer sur un rai de lune. L'instant d'après flottait déjà le deuxième étage en laissant derrière lui une longue traînée de feu. Il a plongé dans les couches denses de l'atmosphère et boum ! s'est désagrégé sous les yeux habitués d'Agafia.

2008

TABLE

BABEL

Extrait du catalogue

1137. KATARINA MAZETTI
Le Caveau de famille

1138. JÉRÔME FERRARI
Balco Atlantico

1139. EMMANUEL DONGALA
Photo de groupe au bord du fleuve

1140. INTERNATIONALE DE L'IMAGINAIRE N° 27
Le patrimoine, oui, mais quel patrimoine ?

1141. KATHRYN STOCKETT
La Couleur des sentiments

1142. MAHASWETA DEVI
Indiennes

1143. AKI SHIMAZAKI
Zakuro

1144. MAXIM LEO
Histoire d'un Allemand de l'Est

1145. JOËL DE ROSNAY
Surfer la vie

Achevé d'imprimer en mai 2023 par Normandie Roto Impression s.a.s. 61250 Lonrai sur papier fabriqué à partir de bois provenant de forêts gérées durablement pour le compte d'ACTES SUD, Le Méjan, Place Nina-Berberova, 13200 Arles.
Dépôt légal 1re édition : septembre 2013.
N° d'impression : 2302368
(Imprimé en France)